有故事的宋詞

經典名句是這樣來的

夏昆——著

目錄

你知道的宋詞定義，可能都是錯的？

幾乎每個人都知道，古代詩歌的兩個高峰是唐詩與宋詞，就像很多人都會背「床前明月光」一樣，很多人也會背「明月幾時有」，可是你知道嗎？課本上關於宋詞的定義其實很不準確，甚至可能是錯的，為什麼呢？

翻開課本，對宋詞的定義一般是這樣的：「宋詞是一種能夠和樂歌唱的詩歌。」這個定義看上去沒問題，其實非常不嚴謹。

因為幾乎所有的古典詩詞都是能夠和樂歌唱的。

古代第一部詩歌總集《詩經》收錄了三〇五首先秦詩歌，這些詩歌其實都是可以歌唱的。漢代的時候朝廷設立了一個管理詩歌的機構——樂府，從名字就可以知道這是與音樂有關的機構。所以漢朝的詩歌基本上也是可以演唱的。到了唐代，詩人們寫的詩也可以配樂演唱。

「旗亭畫壁」的故事說的是王昌齡、高適和王之渙三位詩人到旗亭遊玩，正好遇見一群樂工和歌女演唱他們三人的作品，說明當時詩人們的作品都是能夠演唱的。只不過由於古代記譜方式不發達，又沒有錄音機，所以大部分古代音樂都失傳了。

從《詩經》到漢樂府，再到唐詩的這些詩歌都能配樂演唱，那麼，「宋詞是一種能夠和樂歌唱的詩歌」這個定義就沒有任何意義。這就像我們如果給人下定義，不能說「人是一種能夠呼吸的動物」一樣。

那麼，宋詞究竟是怎麼產生的？為什麼它跟漢代詩歌、唐詩有那麼大的區別呢？奧妙就在宋詞使用的音樂上。

唐代之前，音樂主要有以下幾種：

第一種是雅樂，就是宮廷宗廟祭祀用的音樂，這種音樂莊嚴華貴、豪華典雅，老百姓卻不喜歡。

第二種是清商樂，也就是民間流行的音樂，如果說雅樂是「陽春白雪」，清商樂就可以說是「下里巴人」了。

第三種是法曲，指的是宗教音樂，主要指佛教音樂。佛教在西漢末年傳入中原，在南北朝的時候迅速發展，佛教傳入的過程中，與佛教有關的很多文化，如文學、建築、雕刻、音樂等也隨著傳了進來。

在隋朝的時候，又有一種音樂從現在的中亞以及新疆地區傳過來，古代把這些地方都稱為「胡地」，意思是胡人的地盤，而這種音樂也就被稱為「胡樂」

胡樂傳進來之後和以前的清商樂、法曲等音樂相融合，誕生了一種新的音樂——燕樂，燕樂也叫宴樂，顧名思義，就是酒宴上演奏助興的音樂。這種音樂誕生後迅速流傳開來，一時間成為達官貴人們最喜歡的音樂。

有了新的音樂，過去的老詞顯然就不再適合，於是，一種配合宴樂的新詩歌就產生了，時間是在公元七世紀，也就是歷史上的隋唐時期。所以，我們經常說的宋詞，其實源頭應該追溯到三百多年前的唐代，只不過，那時候的詞還只是一條不起眼的小溪，經過數百年的發展和無數文學家的共同努力，到了宋代，詞終於迎來它的全盛時期，宋詞也成為古代詩歌中與唐詩並肩的高峰。

宋詞小帖

詞有長有短，你知道怎麼依長短替詞分類嗎？

詞大致可以分為小令、中調和長調三種。

小令指的是五十八個字以內的詞，如〈十六字令〉、〈如夢令〉等都是小令。

中調指的是五十九至九十個字的詞，比如〈蝶戀花〉、〈漁家傲〉、〈破陣子〉等都是中調。

長調指的是九十一個字及以上的詞，比如〈水調歌頭〉、〈摸魚兒〉、〈鶯啼序〉等都是長調。

詞牌中最短的是〈十六字令〉，只有十六個字，最長的詞牌是〈鶯啼序〉，一共有二百四十個字。

被嘲諷怕老婆，居然拉皇帝墊背的是誰？

——回波爾時栲栳，怕婦亦是大好

在唐代，為了配合新誕生的音樂——燕樂，出現一種新的詩歌體裁：曲子詞，也就是我們今天說的詞。這種詩歌本來是為了配合酒宴音樂而產生的，所以很多詞也就誕生於酒宴上。

據說唐中宗李顯就很喜歡詞，有一次他出遊，參與宴飲的大臣一個接著一個起來唱歌跳舞，唱的都是當時流行的詞牌：〈回波樂〉。〈回波樂〉是唐代教坊曲名（教坊是唐代的一個藝術機構，專門管理雅樂之外的音樂和百戲），後來成為一個詞牌。這個詞牌一共四句，每句六個字，第一句都用「回波爾時」開頭。君臣歡宴，縱情高歌，想必此時的唐中宗和大臣們都是十分開心的。不過唐中宗沒有想到，其中一位大臣的一首〈回波樂〉卻讓自己遭遇上一點小尷尬。這位大臣叫裴談。

裴談當時擔任御史大夫，主管監察官員，只要有哪個官員做了不對的事情他就會寫奏章上奏皇帝彈劾他，被彈劾的官員輕則貶職重則丟官，所以他是朝臣最害怕的人之一。可是這個讓大臣們害怕的人，卻有一個讓他更加害怕的人——不是皇帝，而是他老婆。原來裴談的老婆是出了名的厲害，別看裴談在朝廷上慷慨激昂，讓人敬畏，可是回到家裡他就會從猛虎變成綿羊，任由老婆宰割。裴談怕老婆的事蹟大臣們都知道，所以經常拿這件事跟他開玩笑，哪怕在皇帝和皇后主持的酒宴上也不例外。見到裴談，這個人會說：「大人臉上有瘀青，是不是昨天被夫人毆打所致？」那個人也說：「大人走路有些不便，是不是昨天在嫂夫人床前跪久了？」他們一邊說一邊擠眉弄眼，弄得裴談當場下不了台。

眾人的嘲諷和調侃終於讓裴談坐不住，他叫來侍奉的宮女：「拿紙筆來！」紙筆呈上之後，裴談揮毫寫下一首詞，交給樂工說道：「馬上給我演唱這首！」

大家凝神屏氣，樂工拿過這張紙，交給歌姬，開始演唱。開始的時候，大家還談笑自若，聽著聽著，笑聲就消失了，等這首詞唱完，大臣們目瞪口呆，面面相覷，一句話都不敢說。裴談叫歌女唱的是什麼呢？就是這首〈回波樂〉：

〈**回波樂**〉

回波爾時栲栳，
怕婦亦是大好。
外邊只有裴談，
內裡無過李老。

栲栳，有人說就是盛食物用的簸箕，也有人說是一種食物，不管是哪一種，都應該是當時酒宴上常見的一種東西，第一句沒有什麼意思，其實是這個詞牌的一個套話。第二句的意思是說怕老婆其實是很好的事情。而第三句、第四句就讓人懼怕了：說起怕老婆，宮外最有名的是我裴談，而宮內最怕老婆的是誰呢？還不是我們當朝皇帝李老（這裡指唐中宗李顯）！

唐中宗李顯的皇后就是歷史上著名的韋后，她是一個非常厲害的女人，甚至希望成為武則天那樣的女皇，而李顯生性懦弱，對韋后百依百順。皇帝怕老婆，這是朝野共知的事情，但是誰也不敢直說，誰知道裴談因為被同僚嘲諷怕老婆，居然拉皇帝來墊背！這讓大家十分驚訝，更有些害怕——皇帝會不會惱羞成怒，懲罰裴談？

史書並沒有記載皇帝聽了這首詞之後的反應，估計他臉上是不會太好看的，不過據說皇后聽了之後卻大喜：皇帝怕老婆，說明我這個皇后地位很高啊！因此她下令重賞裴談。看來，裴談因為怕老婆而得到皇后重賞，也算是意外之喜了。

宋詞小帖

「沁園春」詞牌背後有什麼故事？

〈沁園春〉是著名詞牌名，張先、蘇軾、黃庭堅、辛棄疾、陸游、毛澤東等人都根據這個詞牌填寫出許多著名作品。你知道這個詞牌的由來嗎？

東漢末年，外戚（指皇帝的母族或妻族的親戚們）專權，氣焰熏天。當時皇帝的一個女兒沁水公主有一處園林，十分漂亮，而著名外戚竇憲仗勢欺人，搶奪了這座園林。人們為公主受辱而感傷，於是創作〈沁園春〉來詠歎此事。這就是〈沁園春〉詞牌的由來。

沈佺期寫詞給皇帝爲自己謀取什麼樣的福利？

——身名已蒙齒錄，袍笏未復牙緋

沈佺期是初唐著名詩人。史書上說他十八歲就考中進士，在當時名震一方。在唐詩的發展上，沈佺期是有較大貢獻的，他和當時的另一位詩人宋之問並稱「沈宋」，後人稱他們的詩是「沈宋之新聲」。

沈佺期曾經因為跟武則天的男寵張易之交往而被貶謫到嶺南，後來被召回朝。當時的皇帝，就是上一篇提過的那個怕老婆、喜歡〈回波樂〉詞的唐中宗李顯。

唐代階級等級制度嚴明，什麼級別的官員穿什麼顏色的衣服都有明確規定。比如三品以上的官員穿紫袍，四品、五品的官員穿紅袍，六品、七品的官員穿綠袍，八品、九品的官員只能穿青袍，如果亂穿就會受到嚴厲的處罰。另外，古代大臣上朝的時候手裡都要拿一個笏

板，用來提醒自己一些容易忘記的政事。高級官員的笏板是象牙做的，而低級官員的則是用竹子或木頭做的。

沈佺期原來在朝廷裡當大官，穿的是紅袍，拿的是象牙笏板，但是後來他因為犯罪被流放到嶺南，自然就不能享受這些待遇。而現在他又回到朝廷，從前的待遇一時之間還不能恢復。沈佺期想向皇帝請求，但是又怕皇帝不允許，畢竟以前自己曾經有罪。而這一天他接到通知，叫他參加皇帝的宴會，他心想，機會終於來了。

宴會上觥籌交錯，鶯歌燕舞，君臣都玩得十分高興。酒過三巡之後，沈佺期對皇帝說：「近日君臣同歡，臣願填詞一首，為大家助興。」中宗皇帝很高興，說：「愛卿速速填來！」於是沈佺期接過紙筆，填下這首〈回波樂〉：

〈回波樂〉

回波爾時佺期，
流向嶺外生歸。
身名已蒙齒錄，
袍笏未復牙緋。

這首詞意思是說：我是罪臣沈佺期，曾經被流放到嶺南，現在活著回來了；我的名字已經承蒙皇上大恩，重新進入朝廷官員的行列，不過我的袍子卻依然是下級官員的青袍，我的笏板也沒有恢復以前的象牙笏板，這個……。

很明顯，沈佺期是想藉此向皇帝爭取福利。要是在嚴肅的朝堂上，他也許會被皇帝嚴詞斥退，可是這是在酒宴上，大家都十分開心，皇帝此時也不在意那麼多，馬上下旨：沈佺期可以恢復穿紅袍、持象牙笏板的待遇！不僅如此，皇帝還特許沈佺期佩戴魚袋。在當時，大臣佩魚袋是一種特殊的恩寵，而沈佺期憑藉著一首詞就得到這樣的禮遇，真是讓其他大臣羨慕嫉妒啊！

宋詞小帖

唐朝大臣佩龜、佩魚是怎麼回事？

朝臣佩魚是唐代章服制度的一部分。當時規定，朝廷高官可以佩戴魚袋，後來還規定三品以上官員可以佩戴金龜。所以佩戴龜和魚也是辨識朝廷重臣的標誌。

盛唐的賀知章自號「四明狂客」，據說有一次他和李白一起喝酒，結帳時才發現兩個人都沒有帶錢，豪放不羈的賀知章竟然把腰間佩戴的金龜解下來作為抵押，這就是著名的「金龜換酒」的典故。

唐玄宗李隆基寫的詞和什麼有關呢？

——彼此當年少，莫負好時光

說起皇帝寫詞，很多人可能馬上會想到南唐後主李煜，也許還有人會想到宋徽宗趙佶，前者是著名的「詞人皇帝」，他後期被宋朝俘虜後，寫了很多流傳千古的詞，如〈虞美人〉、〈望江南〉、〈浪淘沙〉等；後者在被金兵俘虜時，也寫過〈燕山亭〉，哀嘆自己身世的不幸。不過這一篇我們要講的寫詞皇帝可不像這兩位一般窩囊：一位被敵人俘虜，一位最後死在敵人手裡。而這位寫詞皇帝可是一位雄才大略的皇帝，他就是唐玄宗李隆基。

李隆基是唐睿宗李旦的第三個兒子。武則天去世之後，唐中宗李顯（就是前面說的喜歡宴飲和〈回波樂〉詞的皇帝）突然暴死，有人說他是被韋后和女兒安樂公主合謀毒死。為了避免韋后篡權，李隆基和自己的姑母太平公主合謀發動政變，殺死了韋后和安樂公主，擁戴他的父親李旦即位，他就被立為太子。不久，他就接受父親的禪讓，登上了皇位。之後他又挫敗了太平公主的叛亂。在他統治的前期，年號為開元，他勵精圖治，重用賢臣，社會安定，政治清明，經濟繁榮，唐朝進入了鼎盛時期，後人稱這一時期為「開元盛世」。杜甫曾寫詩回憶這段盛世圖景：「憶昔開元全盛日，小邑猶藏萬家室。稻米流脂粟米白，公私倉廩俱豐實。」

雖然唐玄宗統治後期逐漸貪圖享樂，寵信奸臣，導致安史之亂的發生，唐朝也開始走向衰落，但是總括來說，他仍然是一個很偉大的皇帝。

這樣一個有雄才大略的皇帝，他所寫的詞會是什麼樣的內容呢？是治國之道，還是沙場征戰，或者是教育人民？居然都不是。我們來看看玄宗皇帝的詞作：

〈好時光〉

寶髻偏宜宮樣，蓮臉嫩，體紅香。眉黛不須張敞畫，天教入鬢長。

莫倚傾國貌，嫁取個，有情郎。彼此當年少，莫負好時光。

這首詞寫的竟然是一個年輕姑娘！上闋寫姑娘長得非常漂亮，她的髮型是皇宮裡流行的樣式，說明這是一個非常時尚的女孩，青春年少，膚如凝脂，滿面紅光，還散發著少女的香氣。緊接著唐玄宗用了一個典故：漢代有個官員叫張敞，他和妻子感情很好。他妻子小時候受過傷，眉毛缺了一塊，因此張敞每天起來第一件事情就是為妻子畫眉。久而久之，張敞畫眉的技術越來越好，一時間他妻子的眉毛樣式竟然成為引領京城貴族女子畫眉的時尚潮流！後人就用「張敞畫眉」來比喻夫妻恩愛。不過這裡唐玄宗是反其意而用之，意思是說：妳的眉毛天生就那麼漂亮，根本不需要張敞再來替妳畫了吧。

而下闋寫得更有趣了。此時的唐玄宗，不再是那個年紀輕輕就發動政變誅殺韋后和安樂公主的臨淄王，也不再是初登皇位後雄才大略地挫敗太平公主叛亂的皇帝，而是變成一個喜愛年輕人，打從心底希望年輕人快樂幸福的大叔！他告誡這個漂亮姑娘：不要仗著自己年輕漂亮就眼光太高，挑來挑去挑花了眼，看到合適的年輕男孩，妳就嫁了吧，你們都正值青春時期，時光美好，和自己喜愛、愛自己的人共度餘生，這才是生命中最大的幸福。

看來，詞竟然讓高居九五之尊的皇帝也放下架子，像鄰家叔叔一樣滿懷善意地勸告年輕女孩早點嫁人，享受青春，這可真讓人想不到啊！

除了唐玄宗，唐朝還有其他喜歡寫詞的皇帝嗎？

唐朝皇帝除了唐玄宗喜歡寫詞之外，也有其他皇帝喜歡寫詞並流傳下來，比如唐昭宗。唐昭宗是晚唐的皇帝，當時唐朝已經衰落，大權掌握在藩鎮手裡。乾寧二年（公元八九五年），為了躲避藩鎮李茂貞的迫害，昭宗被迫逃往河東去尋求李克用的庇護，半路上他被另一個藩鎮韓建追上，韓建將皇帝挾持到華州，將他幽禁了近三年。在這三年裡，皇帝宗室親屬有十一人被殺，昭宗自己也時時刻刻處在恐懼和痛苦中。就在被囚禁華州期間，他寫下了這首〈菩薩蠻．登華州城樓〉。

〈**菩薩蠻**　**登華州城樓**〉

登樓遙望秦宮殿，茫茫只見雙飛燕。渭水一條流，千山與萬丘。
遠煙籠碧樹，陌上行人去。安得有英雄，迎歸大內中。

但是，唐昭宗最終也沒能用詞來挽救自己和國家，天祐元年（公元九〇四年），他被藩鎮朱溫殺害，不久後，唐朝滅亡。

詩詞中的傳統節慶

除夕

——努力盡今夕，少年猶可誇。

中國歷史上有很多傳統佳節，如春節、清明節、重陽節等，這些節日都有極其深厚的文化內涵，幾千年來，節日及其風俗也成為中國傳統文化一個十分重要的部分。很多節日已經成為非物質文化遺產。現在很多節日不僅中國人會過，海外華人和漢文化圈的國家，如日本、北韓、南韓、越南、新加坡、馬來西亞等國家也在過。所以，中國的節日雖發源於中原，現今正走向世界。

在眾多的傳統節日之中，人們最開心、最快樂的節日應該是除夕了。除夕一般是在臘月

二十九或者三十，因此也被稱為年三十，它還有大年夜、除夕夜、除夜、歲除等別名。除的意思是去除，除夕就是指這天晚上我們都在送舊迎新，一元復始，萬象更新。除夕與清明節、中元節、重陽節同為祭祖節日。

除夕的風俗有很多，比如吃年夜飯、貼春聯、掛燈籠、祭祖、放鞭炮、貼窗花、貼年畫、貼福字、貼門神等，不過小朋友們最喜歡的，肯定是長輩發壓歲錢了。

除夕還有一個很重要的風俗——守歲，也就是全家在這一天晚上熬夜，一起迎接新年的到來。當然，今天我們守歲，大多是在看電視台的春節節目中度過，古代的守歲可就沒這麼豐富多彩，蘇軾的一首詩裡就描寫了兒童強忍睡意守歲的情景：

〈守歲〉

欲知垂盡歲，有似赴壑蛇。
修鱗半已沒，去意誰能遮。
況欲系其尾，雖勤知奈何。
兒童強不睡，相守夜歡嘩。
晨雞且勿唱，更鼓畏添撾。

坐久燈燼落，起看北斗斜。
明年豈無年，心事恐蹉跎。
努力盡今夕，少年猶可誇。

這首詩是蘇軾在宋仁宗嘉祐七年（公元一〇六二年）寫給他的弟弟蘇轍的，他同時還寫了〈饋歲〉、〈別歲〉兩首詩，和這一首一起送給弟弟。當時他正在鳳翔簽判任上，這一年的除夕，蘇軾想到一年將盡，舊的一年就像一條鑽進洞裡的蛇，已經鑽進去大半了，即使我們想把牠拖出來也不可能。這天晚上兒童們都強忍著睡意守歲。此時，蘇軾想到，每年都有一個新年，也有一個除夕，看似循環往復，但事實上時間卻一去不返。因此他勉勵弟弟：不要虛度光陰，蹉跎歲月，而應該珍惜青春，努力奮發，「努力盡今夕」，這樣，才能成為一個「猶可誇」的少年。

詩人李白？詞人李白？他的〈清平調〉到底是詩還是詞？

——借問漢宮誰得似？可憐飛燕倚新妝

說起唐朝最有名的大詩人，可能每個人首先想到的都是詩仙李白。的確，李白可謂是大唐首席詩人，千百年來，他的詩篇廣為流傳，直到現在，他的〈靜夜思〉、〈望廬山瀑布〉、〈早發白帝城〉、〈將進酒〉、〈蜀道難〉等都是膾炙人口的名篇。

可是你知道嗎？李白其實也是個詞人。

初唐的時候，很多人就開始寫詞了，如前面講的裴談、沈佺期，盛唐著名的皇帝唐玄宗李隆基也喜歡寫詞，還寫下了前面那首〈好時光〉，可是詩仙李白難道也寫過詞嗎？當然寫過。

有一個著名的故事，講的就是李白寫詞的事情。

李白四十多歲的時候，終於被道士吳筠推薦，進宮做了唐玄宗的翰林供奉。可是這個官職其實不過就是陪在皇帝身邊供皇帝解悶的，根本無法讓李白實現他輔佐皇帝治理國家的政治夢想，因此李白經常溜出去跟朋友在長安集市上喝酒，而且經常喝得酩酊大醉。

這年春季的一天，惠風和暢，春暖花開。唐玄宗和楊貴妃在沉香亭遊玩，見到如此美景，唐玄宗就想讓樂工演奏一首〈清平調〉，可是唐玄宗又想，以前的〈清平調〉用的都是舊詞，無法配合今天的美景，更何況自己寵愛的楊貴妃在身邊，如果能寫首新詞，不僅讚美身邊的美景，更要讚美身邊的愛妃，豈不更好？可是，叫誰來寫新詞呢？唐玄宗想到了李白，於是馬上命令身邊的宦官：「宣李白進宮。」

接到聖旨，宦官們急忙去找李白，可是到處都找遍，也沒看見詩仙。這時候一個聰明的宦官靈機一動說：「我知道他在哪裡。」於是他們來到長安集市上的酒家，一看，李白果然在那裡跟朋友喝得興高采烈。宦官急忙上前宣旨，誰知道李白已經喝得爛醉，不但不跟著宦官進宮，還在掙扎著胡言亂語：「什麼……進宮？……我就是仙……不是詩仙……我……是酒……酒仙！」[1]

宦官們不由分說，把李白架起來就走，終於到了沉香亭，把李白放在地上，誰知他竟然呼呼大睡。大家哭笑不得，只好端來一盆水，潑在他臉上，李白一下子醒了，才發現自己身在皇宮，而在自己面前的居然就是皇帝和貴妃。這時候宦官們才告訴他事情的原委。明白情況之後，李白醉意全失，揮筆唰唰唰就一連寫下三首〈清平調〉：

〈清平調〉

雲想衣裳花想容，春風拂檻露華濃。
若非群玉山頭見，會向瑤台月下逢。

一枝紅豔露凝香，雲雨巫山枉斷腸。
借問漢宮誰得似？可憐飛燕倚新妝。

名花傾國兩相歡，長得君王帶笑看。
解釋春風無限恨，沉香亭北倚闌干。

---

1 杜甫〈飲中八仙歌〉：李白一斗詩百篇，長安市上酒家眠。天子呼來不上船，自稱臣是酒中仙。

這三首〈清平調〉用鮮花來比喻楊貴妃的美麗，同時也描寫了此時身邊的美景，深得玄宗皇帝欣賞，因此，這三首詩也成為李白的代表作。

不過關於這三首詩的體裁，歷來有爭議。有人說這三首詩是七言絕句，的確，三首〈清平調〉都是每句七個字，很像七言絕句；但是也有人說這其實是樂府古體詩，因為「清平調」本身就是樂府一種音樂的曲調。不過從李白創作的過程來看，這三首更類似於詞。因為它們都是先有了現成的音樂，然後根據音樂的旋律和節拍填入相應的詩句，這跟看到某個景物有感而發創作一首詩其實是不一樣的。所以創作詩叫「寫詩」，而創作詞則也叫「填詞」。到了宋代，〈清平調〉也就成了一個固定的詞牌。

如果說三首〈清平調〉到底是絕句還是樂府詩，抑或是詞仍有爭議的話，下面這首傳說是李白的作品應該屬於詞無疑了。

〈憶秦娥〉

簫聲咽，秦娥夢斷秦樓月。秦樓月，年年柳色，灞陵傷別。

樂遊原上清秋節，咸陽古道音塵絕。音塵絕，西風殘照，漢家陵闕。

這首詞第一句就借用了一則神話傳說：春秋時有個叫蕭史的音樂家，非常善於吹簫，深得秦穆公的賞識，秦穆公把女兒弄玉嫁給了蕭史。兩人結婚之後非常恩愛，經常一起演奏音樂。有一天，夫婦倆正在樓上吹簫，簫聲竟然引來一隻鳳凰，後來兩人乘著鳳凰就上了天。

可是在李白這首詞裡，動人的簫聲卻飽含悲哀與淒涼，甚至有些嗚咽。冰涼的月光照在樓台上，極目遠望，能夠看到灞陵的依依楊柳。灞陵是古時候長安人送別的地方，人們送別的時候，有折柳相贈的習俗，因為「柳」與「留」同音，代表人們對朋友的依依不捨。此時已是深秋，長安附近的樂遊原也籠罩在一片蕭瑟淒涼之中。從咸陽通往外地的道路是秦國修建的，現在已經很古老，也沒有多少人走在這古道上。此時西風吹起，夕陽殘照，最後的餘暉，落在了漢朝古墓前的漢闕上。

如果這首詞真的是李白寫的，那麼李白為什麼要寫這首詞呢？後代有學者說，這首詞應該是寫在安史之亂的時候。

唐玄宗在統治的後期，驕傲自滿，貪圖享樂，國家逐漸走下坡。在天寶十四年（公元七五五年），安祿山起兵叛亂，這場戰爭給處於頂峰的唐朝重重一擊，從此大唐王朝開始走向衰落。面對漫天的烽煙和滿目的瘡痍，李白心情十分沉重，他想起漢朝的時候國力是如此強盛，曾經多次出擊匈奴，拓土開疆，威震四方，可是現在強盛的漢朝卻只剩下殘垣斷壁。

而輝煌一時的大唐會不會也跟漢朝一樣，最後湮沒在歷史的荒草中呢？沒人能給出答案，回答詞人的，只有奄奄的殘陽和殘陽下的瓦礫荒草。[2]

2 清代劉熙載在《藝概》中說，這首詞大概是作於安史之亂唐玄宗逃奔蜀地之後。「想其情境，殆作於明皇西幸後乎？」清代黃蘇在《蓼園詞評》裡也說：「此乃太白於君臣之際，難以顯言，因托興以抒幽思耳。……嘆古道之不復，或亦為天寶之亂而言乎？然思深而托興遠矣。」

宋詞小帖

除了〈憶秦娥〉，相傳李白作的詞還有一首〈菩薩蠻〉。

〈菩薩蠻〉

平林漠漠煙如織，寒山一帶傷心碧。暝色入高樓，有人樓上愁。

玉階空佇立，宿鳥歸飛急。何處是歸程？長亭更短亭。

唐朝溫庭筠雖是個狂人，卻超級懂得女人心？

——懶起畫蛾眉，弄妝梳洗遲

看過我另一本《有故事的唐詩》的讀者們，一定還記得晚唐那位非常有個性的詩人溫庭筠吧？

據史料記載，溫庭筠才高八斗，文思敏捷，據說他參加進士考試，僅叉八次手的時間就能寫好一首試帖詩（唐代進士考試要求寫的詩），因此得到一個外號「溫八叉」。可是種種原因使得他多次考進士都沒考上，於是他後來乾脆專門在進士考試的時候幫人作弊，據說他一次考試能幫十多個人做題，所以後來又得到一個外號叫「救數人」。後來考官知道了，專門把溫庭筠的考試號棚安排在自己的公案前面，可是即便這樣，溫庭筠還是在考官眼皮底下

幫八個人作弊，他簡直是作弊界的一股惡勢力！

溫庭筠還是個狂生。當時皇帝喜歡聽〈菩薩蠻〉，就請宰相幫自己填新詞。可是當時的宰相令狐綯文化水平並不高，就私下請溫庭筠寫，寫好之後填上自己的名字獻給皇上，並再三叮囑溫庭筠不要說出去。誰知道溫庭筠並不滿足於當一個槍手，竟然把這事廣為宣傳，讓宰相十分惱怒。

據說，一次皇帝微服出遊，在客棧裡面遇見溫庭筠，溫庭筠不認識皇帝，高傲地詢問說：「你大概是個司馬、長史一類的小官吧？」皇帝回答說：「不是。」溫庭筠又問：「那無非就是參軍、主簿、縣尉一類的官員了？」皇帝回答說：「也不是。」有人說溫庭筠是因為這事惹惱了皇帝，所以一生困頓。

溫庭筠才華橫溢，在詩、詞、文方面都有很高的造詣，但是後人評價他的文不如詩，詩不如詞。所以，他的詞是成就最高的。

而且，溫庭筠是歷史上第一個致力填詞的詞人。

詞在初唐的時候就已經出現，但當時的詞大多是達官貴人們宴酣之樂的餘興節目，大多是用來插科打諢的，比如前面提到的裴談和沈佺期的〈回波樂〉。後來雖然有李白、白居易等詩人參與寫詞，但是數量並不多，成就與唐詩相比也不算高。但是到了溫庭筠這個時期，詞成為文人創作的一種重要體裁，因此得到很大的發展。可以這樣說，溫庭筠就像是一座橋梁，銜接唐代與五代、宋代的詞創作，也為詞在宋代的全盛打下了基礎。

溫庭筠的詞大多寫女子的思念之情，眼界不算開闊，但是他的詞描繪精細，語言華麗，就像一幅燦爛的唐代織錦，華麗繁複，非常漂亮。比如這首〈菩薩蠻〉：

〈菩薩蠻〉

小山重疊金明滅，鬢雲欲度香腮雪。懶起畫蛾眉，弄妝梳洗遲。

照花前後鏡，花面交相映。新帖繡羅襦，雙雙金鷓鴣。

這首詞描寫的是一個女子起床梳妝時的情景：

女子閨房的屏風重疊彎曲，像一座姿態俏麗的小山，屏風上畫著畫，上面還貼著金線做裝飾，在依稀的晨輝中，金光忽明忽暗。

女子剛剛睡醒，還沒有梳頭，一絲鬢髮貼在女子雪白美麗的臉上。這樣的樣貌本來是有些慵懶甚至狼狽的，但是在溫庭筠的筆下卻顯得美麗動人。

女子懶懶地起床，開始懶懶地畫眉，她的動作很慢很慢，到了日上三竿還坐在梳妝台前。

女子化妝十分仔細，她對著鏡子，為了看髮型是否好看，還拿著一面小鏡子放在腦後，以便能看得更清楚。

可是，這個女子為什麼動作那麼慢？難道她的家人不會催她？難道她的丈夫不會不耐煩？

詞的最後兩句給了我們答案：

女子錦繡燦爛的衣服上，新貼了一個圖案，仔細一看我們才知道，原來上面是一對鷓鴣。

唐代的鷓鴣圖案與現在常見的鴛鴦圖案一樣，象徵夫妻和睦。

這時候我們才明白，原來，這個女子之所以這麼晚起床，起床後又這麼懶懶地梳妝，都是因為丈夫不在家裡，而她每個動作都蘊含著對丈夫濃濃的思念。這首詞語言華麗，構思精巧，已經不再是酒宴上的插科打諢之作，「回波爾時栲栳，怕婦亦是大好」一類的詞與之相比真是差得太遠了。

溫庭筠很善於描繪思念中的女子，好像他能鑽到這些女子的心裡，能看到她們在想什麼，開心什麼，悲傷什麼。

〈夢江南〉

梳洗罷，獨倚望江樓。過盡千帆皆不是，斜暉脈脈水悠悠，腸斷白蘋洲。

這首詞中的女子，早晨起來，梳洗完畢，就靠在江邊的樓上，痴痴地看著江上來來往往的船兒。她多麼希望自己思念的人能在其中的一條船上。她站在船頭，彷彿清晨的陽光透過白帆灑在他的肩頭，遠遠地就看見他在朝自己招手。可是女子等啊等啊，無數的船兒從樓下駛過，卻始終沒有看到自己等的那一條。她從清晨等到黃昏，太陽落山了，夕陽為江水鍍上一層金黃，可是女子的心裡卻變成了一片深灰，無數次的等待，如同今天一樣最後都是以失望為結局。她只好回去，等明天晨曦再一次升起的時候，又再次來到樓上，痴痴地等待。

宋詞小帖

前面說到皇帝喜歡聽〈菩薩蠻〉詞，你知道這個詞牌的由來嗎？

菩薩蠻本來是唐代教坊曲，後來成了一個詞牌。這個詞牌還有幾個別名：〈菩薩鬘〉、〈重疊金〉、〈子夜歌〉、〈花溪碧〉、〈晚雲烘日〉，不過〈菩薩蠻〉這個名稱是最有名。

傳說，唐宣宗大中初年，位於今天緬甸南部的女蠻國派遣使者進貢，這些女使者身上披掛珠寶瓔珞，頭戴金冠，梳著高高的髮髻，就像佛教中的菩薩塑像。於是人們就創作出了〈菩薩蠻〉曲。不過，有學者指出，在唐宣宗前一百年的一本書——《教坊記》裡已經有〈菩薩蠻〉的記載，因此，這個詞牌的出現可能比唐宣宗時期更早。

韋莊爲何要從長安搬到江南？他又爲何與成都杜甫草堂有關係？

——人人盡說江南好，遊人只合江南老

來過成都的人，很多都去過杜甫草堂。杜甫草堂又叫浣花草堂、工部草堂、少陵草堂，位於成都西門外浣花溪畔，是唐代大詩人、詩聖杜甫的故居。公元七五九年，杜甫為避安史之亂，攜家人來到成都，在好友嚴武的幫助下蓋起一幢茅屋。杜甫在這座茅屋裡度過了四年，這也是杜甫顛沛流離的一生中難得安閒自在的四年。在這裡他寫下二百四十多首詩，著名的〈絕句．兩個黃鸝鳴翠柳〉、〈江村〉、〈茅屋為秋風所破歌〉等作品都是在這裡創作。這時期成為他一生創作的高峰期。杜甫草堂也成為成都乃至於四川最重要的文化地標之一。

今天我們看到的杜甫草堂是經過宋、元、明、清多次修繕而成，如果沒有這麼多次的修

繕，詩聖杜甫的草堂很可能早就湮沒在歷史的塵埃裡，後人再也找尋不到。可是你知道嗎？歷史上第一個修繕杜甫草堂的其實是一位唐代詞人，他的名字叫韋莊。

韋莊字端己，京兆杜陵人，唐代著名詩人韋應物的四世孫。韋莊小時候，家境十分貧寒，為了改變家族命運，他學習十分刻苦，又十分聰明，所以很年輕的時候就出名了。

公元八八一年，韋莊來到長安準備考進士。誰知道恰巧黃巢之亂爆發，黃巢的軍隊殺進了長安城。韋莊目睹戰爭給人民帶來的苦難，於是他把自己的所見所聞寫成一首詩，就是被稱為唐朝第一長詩的〈秦婦吟〉。

這首詩寫出來就迅速傳播開來，人們爭相傳抄，有的還把這首詩繡在家裡的帳幔上，韋莊也因此被稱為「秦婦吟秀才」。

戰火之下，曾經繁華富庶的長安已經成為人間地獄，韋莊不敢久留，於是他來到江南。此時的江南沒有受到戰爭的影響，安靜閒適，與長安相比，就像天堂一樣。韋莊在這裡住了幾年，他受傷的心終於痊癒，於是他寫下很多詞描寫江南的美景和自己對江南的眷念。

〈菩薩蠻〉

人人盡說江南好，遊人只合江南老。春水碧於天，畫船聽雨眠。

壚邊人似月，皓腕凝霜雪。未老莫還鄉，還鄉須斷腸。

這首〈菩薩蠻〉表現的就是韋莊對江南的讚美。

他說：每個人都說江南如何如何美好，遊客就應該在這裡終老一生。江南的美景數也數不盡，碧綠的春水，比藍天還要明淨，躺在畫著彩畫的船上，聽著淅淅瀝瀝的雨聲，不知不覺就進入了夢鄉。酒家裡當壚賣酒的姑娘漂亮得像天上的明月，端酒的時候，露出的手腕就像霜雪一樣白嫩。如此美的景，如此美的人，真讓人不想離開啊！而此時，我的家鄉長安（杜陵在長安附近）正陷入戰火，要是真還鄉了，看到那慘絕人寰的模樣，真的會肝腸寸斷！

可是，韋莊是長安杜陵人，黃巢之亂後他去了江南，那麼他又是何時到成都修繕杜甫草堂的呢？

這就要從一個叫王建的人說起。

王建是唐朝末年的一個將軍，曾經擔任四川刺史，趁著唐末大亂，他占據了成都、重慶等地，後來被唐朝皇帝封為蜀王。唐朝末年，政權被藩鎮篡奪，朱溫建立了後梁，唐朝滅亡。就在後梁建立的同一年，王建也在成都稱帝，國號蜀，為了跟後來孟知祥建立的後蜀區分，我們稱王建建立的為前蜀，而王建就是前蜀高祖。

四川是天府之國，沃野萬里，物產豐富，而且當時沒有受到中原戰爭的影響。因此，很多文士為了避禍，就投奔王建的前蜀政權，其中就有韋莊。

王建對韋莊十分器重，後來任命他為宰相。韋莊因此與成都結緣。當他看到草堂自杜甫離開之後因年久失修，草屋已經蕩然無存，於是在草堂原址重新蓋起一幢茅屋，以此來紀念偉大的詩聖，他自己就居住在浣花溪，所以他的作品集取名叫《浣花集》。

從韋莊以後，歷朝歷代都有人對草堂進行維修，其中以明朝和清朝兩次維修規模最為宏大，這才有了今天我們參觀憑弔的杜甫草堂。但是如果沒有韋莊的第一次修繕，後代的人即使想維修可能都還找不到草堂的原址。因此，我們今天能夠看到杜甫草堂，首先應該感謝的就是這個晚唐詞人韋莊。

宋詞小帖

溫庭筠和韋莊都屬於花間派詞人，你知道花間詞的由來嗎？

花間派詞的名字來源於一本書《花間集》。《花間集》是最早的一部詞總集（也可說是選集），由五代時後蜀廣政三年（公元九四〇年）趙崇祚所編集而成，其中包括晚唐溫庭筠等十八人的作品五百首，共十卷。作品的年代大概從唐開成元年（公元八三六年）至歐陽炯作序的廣政三年，大約橫跨一個世紀。其中收錄最多的是溫庭筠的詞，共六十六首。

為什麼叫《花間集》呢？是因為這本書中有一首張泌的詞，此詞內容有出現「還似花間見，雙雙對對飛」的句子，所以後人就稱這本書為《花間集》了。《花間集》中的作品多是描寫女子神態以及男女相思之情，對後世影響很大。溫庭筠和韋莊則是花間詞派的代表詞人。

春聯是誰發明的？

——新年納餘慶，嘉節號長春

春節是歷史上最重要的傳統節日之一。每到春節，家家戶戶貼春聯、買年貨、放鞭炮、包餃子，喜氣洋洋，共享天倫之樂。可是你知道春聯是誰發明的嗎？

公元九〇七年，唐朝滅亡，中原本土開始進入了一段分裂的時代。從這一年一直到公元九六〇年趙匡胤黃袍加身而建立北宋，這五十多年間，中原地區梁、唐、晉、漢、周五個政權相繼更迭，與此同時，還有前蜀、後蜀、吳、南唐、吳越、閩、荊南、南漢、北漢等十國政權相繼割據一方，這段歷史後來被稱為五代十國。上一篇提及的王建建立的前蜀就是眾多割據政權之一。

前蜀滅亡後，孟知祥又在蜀地建立了一個政權，國號也是蜀，為了和前蜀區別，我們一

般稱為後蜀，孟知祥是後蜀的高祖，他死後，兒子孟昶即位。

孟昶是一位很喜歡藝術的皇帝，有一年，他和寵妃花蕊夫人登上成都城牆，放眼四望，街道縱橫，房屋鱗次櫛比，成都的繁華景象盡收眼底。可是孟昶總覺得缺少了點什麼。想了半天，他恍然大悟，於是下令：從今天起，成都城內要廣種芙蓉花！次年，滿城的芙蓉花競相開放，整個城市淹沒在一片花海裡。從此，成都就有了一個別稱——蓉城。

孟昶對中國文化的另一個貢獻就是發明春聯。

在孟昶發明春聯之前，中國人過春節大多是在門上貼門神、桃符，以此辟邪。可是這一年春節，孟昶覺得貼這些顯現不出文化味道。於是他借用詩詞中的對仗手法，寫了一副對聯貼在門上：新年納餘慶，嘉節號長春。這就是中國第一副春聯，從此，人們開始在春節貼春聯，直到現在。

而且，孟昶還是一位詞人呢！據資料記載，他創作了很多詞，但是由於年代、戰亂等，大多沒有流傳下來。現在相傳他最著名的一首詞是〈洞仙歌〉，不過，這首詞其實也是蘇東坡寫的，這是怎麼一回事呢？

蘇軾在一篇文章裡說，他七歲的時候，在故鄉眉山結識了一個九十多歲的朱姓老尼姑。老尼姑說自己曾經跟隨師父到孟昶宮中。一次天氣很熱，孟昶與寵妃花蕊夫人到摩訶池（當時成都皇宮裡的一個大池塘）畔避暑，作了一首詞，當時老尼姑還記得。蘇軾說，這事已過去四十多年，老尼姑已經去世，沒人知道這首詞。蘇軾也僅記得前兩句，於是他就以此為開頭，湊成一首〈洞仙歌〉。

〈洞仙歌〉

冰肌玉骨，自清涼無汗。水殿風來暗香滿。繡簾開，一點明月窺人，人未寢，欹枕釵橫鬢亂。
起來攜素手，庭戶無聲，時見疏星渡河漢。試問夜如何？夜已三更，金波淡，玉繩低轉。但屈指西風幾時來，卻不道流年暗中偷換。

這首詞寫的是盛夏孟昶與花蕊夫人一起納涼的情景。炎熱的夏日晚上，人們大多渾身燥熱，心情煩躁，美麗的花蕊夫人卻冰肌玉骨，身上沒有一點兒汗。孟昶和花蕊夫人睡在摩訶池畔的宮殿裡，微風吹過，送來陣陣荷花的清香。微風吹動了繡簾，露出月亮的半個臉，似乎是在窺探：凡間的人們都睡著了嗎？

此時孟昶和花蕊夫人都沒有睡著，躺在床上，夫人的金釵橫斜，鬢髮也有些凌亂。索性兩個人都不睡了，他們相互牽著手來到摩訶池邊，銀河低垂，不時能看見流星飛簌地劃過天際。此時已是半夜，皎潔的月光開始變淡，銀河也快要消失，兩人一邊欣賞這安靜美麗的夜色，一邊屈指計算：涼爽的秋天什麼時候到來啊？卻沒想到，時間正一分一秒過去，再也不會回頭。

雖然按照蘇軾的說法，這首詞是他和孟昶「合作」的，但是能讓蘇軾有興趣續寫的詞，應該也不是凡庸之作，這也說明孟昶是一個不錯的詞人。不過，他不算是一個好皇帝。公元九六四年十一月，宋軍六萬伐蜀，蜀軍十四萬不戰自潰，孟昶投降宋朝，他帶著寵妃花蕊夫人一起到汴梁。

花蕊夫人姓徐（一說姓費），是後蜀青城山人。也許正是清幽深邃的山色養育了女子的蘭心蕙質，花蕊夫人從小就靈氣逼人，長大後更是才色雙絕，因此被選入後蜀主孟昶的後宮，備受寵愛，賜號花蕊夫人，意思是指連鮮花都不能與她的美麗相比，她比花蕊更加美麗輕盈。

趙匡胤早聽說花蕊夫人才華過人，便叫她賦詩一首，於是誕生了這首〈述國亡詩〉：

君王城上豎降旗，
妾在深宮哪得知？
十四萬人齊解甲，

更無一個是男兒！

與孟昶的不戰而降、苟且偷生相比，花蕊夫人倒有不甘忍辱的豪氣，可惜在那個年代，女子無法掌握自己的命運，她只能隨著孟昶，一起忍受國破家亡的命運。

據說，在花蕊夫人跟隨孟昶到汴梁的路上，經過葭萌驛站時，她還作了一首詞：

初離蜀道心將碎，離恨綿綿。春日如年。馬上時時聞杜鵑。

詞還沒寫完，軍士催促趕路，於是這半首詞就留在驛站牆壁上了。後來有好事者看見，為它續寫道：

三千宮女如花貌，妾最嬋娟。此去朝天。只恐君王寵愛偏。

這樣的續作真讓人哭笑不得：原詞是抒寫國破家亡之悲，去國懷鄉之愁，雖然只有半闋，卻是字字血，聲聲淚，而續寫之作竟將原作變成後宮女人爭風吃醋的無聊故事，低俗到了極點，就連《本事詞》也忍不住斥責：「成何語意耶！」

宋詞小帖

看對聯、猜節慶！

對聯，中國的傳統文化之一，又稱楹聯或對子，是寫在紙、布上或刻在竹子、木頭、柱子上的對偶語句。對聯對仗工整，平仄協調，是中華語言一字一音獨特的藝術形式，是中國傳統文化的瑰寶。

今天，不僅春節會貼對聯，在其他傳統節日也經常寫對聯表示紀念，你知道下面幾副對聯分別述寫的是哪個傳統節日嗎？

1
上聯：不夜燈光，便是玲瓏世界
下聯：通宵月色，無非圓滿乾坤

2
上聯：迎春迎喜迎富貴
下聯：接財接福接平安

3
上聯：箬葉飄香，一粽嘗來千古事
下聯：龍舟逐水，百橈划出四時情

4
上聯：槐火光明春替換
下聯：杏花消息雨傳知

5
上聯：帝女合歡水仙含笑
下聯：牽牛迎輦翠鵲凌霄

6
上聯：天上一輪滿
下聯：人間萬里明

7
上聯：步步登高開視野
下聯：年年重九勝春光

答案：

1 元宵節　2 春節　3 端午節　4 清明節
5 七夕節　6 中秋節　7 重陽節

詩詞中的傳統節慶

春節

——爆竹聲中一歲除，春風送暖入屠蘇。

春節指的是中國的農曆新年，也有新年、大年、新歲的別名。現在的春節是定在大年初一，但是一般要到大年十五，新年才算結束。在春節期間，會舉行各種慶祝活動，如祭祀祖先、除舊布新、迎新接福等，每到新年，人們總是極盡可能地回家與家人團聚。

中國人過春節已經有近四千年的歷史，春節至今仍然是中國最重要的傳統節日。那麼，歷史上關於春節的著名詩詞有哪些呢？

北宋王安石的〈元日〉描寫了當時人們過新年的情景：爆竹聲聲，辭舊迎新，春風送暖，

人們喝著屠蘇酒，一大早，太陽剛剛出來，家家戶戶就忙著替換去年的桃符，今年貼上新的，一派喜氣洋洋的景象。

〈元日〉

爆竹聲中一歲除，春風送暖入屠蘇。
千門萬戶曈曈日，總把新桃換舊符。

可是也有一些人，春節卻無法回家。唐代的劉長卿在春節的時候，因為被貶到遙遠的邊地，無法回家，所以寫下一首〈新年做〉表達自己的悲傷：

〈新年做〉

鄉心新歲切，天涯獨潸然。
老至居人下，春歸在客先。
嶺猿同旦暮，江柳共風煙。
已似長沙傅，從今又幾年。

對於終生辛勞的農民來說，春節的意義更在於今年是否會是個好年景，莊稼能否豐收。孟浩然的〈田家元日〉就描寫了他們眼中的新年：

〈田家元日〉

昨夜斗回北，今朝歲起東；
我年已強壯，無祿尚憂農。
桑野就耕父，荷鋤隨牧童；
田家占氣候，共說此年豐。

在今天，不僅中國人過春節，屬於漢文化圈的一些其他國家，如越南、韓國、日本、新加坡、泰國、印度尼西亞等國也過春節。春節不僅是華人寶貴的精神財富，也是人類共有的重要非物質文化遺產。

誰寫的詞連皇帝都嫉妒？

——風乍起，吹皺一池春水

南唐是五代十國之一，它的都城在金陵，就是現在的南京。南唐的開國皇帝叫李昪，李昪去世後，他的兒子李璟繼承皇位，後來稱他為南唐中主。

李璟很喜歡寫詞，他的詞作都有流傳至今，比如這首〈攤破浣溪沙〉：

〈攤破浣溪沙〉

菡萏香銷翠葉殘，西風愁起綠波間。還與容光共憔悴，不堪看。

細雨夢回雞塞遠，小樓吹徹玉笙寒。多少淚珠無限恨，倚欄干。

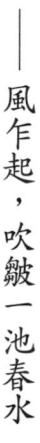

這首詞寫的是秋天，留在家中的女子思念丈夫的情景。菡萏指的是荷花。上闋是說：秋天已經到了，曾經盛開的荷花都已經凋謝，就連碧綠的荷葉也零落不堪。西風吹來，水面漂蕩起一絲絲波紋，好像是滿腔的愁緒。思念丈夫的女子在這秋天裡，隨著時間的流逝而漸漸憔悴，再也沒有年輕時美麗的容顏。

下闋說：下著細雨的晚上，夢見了思念的人，可是他現在仍在遙遠的邊塞，根本見不到。無奈，女子只好一個人在樓上吹著笙（一種樂器），以此來表達自己的思念，不知不覺，竟然吹了一整個晚上。數不清的淚珠，都無法表達女子的思念，她只好一個人呆呆地靠在欄杆上，望著丈夫所在的方向。

這是一首很美的詞，尤其是「細雨夢回雞塞遠，小樓吹徹玉笙寒」兩句格外優美，歷來也被人們傳為名句。可是這位能寫一手好詞的皇帝，居然會嫉妒自己的大臣，這是怎麼一回事呢？

這位被皇帝嫉妒的大臣叫馮延巳。

這個馮延巳據說學問淵博，文采很好。和李璟一樣，他也喜歡填詞。而他寫過一首著名的〈謁金門〉：

〈謁金門〉

風乍起，吹皺一池春水。閒引鴛鴦香徑裡，手挼紅杏蕊。
鬥鴨闌干獨倚，碧玉搔頭斜墜。終日望君君不至，舉頭聞鵲喜。

和李璟的詞一樣，這首詞描寫的也是一個思念丈夫的女子。詞說道：一陣微風吹起，把一池春水都吹皺了。女子閒來無事，看著水裡的鴛鴦，手裡捏著杏花，不知不覺把花都揉碎了。女子一個人靠在鬥鴨的欄杆上（當時有讓鴨子在水中相鬥的遊戲，稱為鬥鴨），她頭上碧玉做的搔頭（女子的一種首飾）斜斜地支著，像是要掉下去。每天女子都在盼望那個人來，可是他總是不來。今天他會不會來呢？女子不知道，但是一抬頭，卻聽見了喜鵲的叫聲。

這首詞寫女子的思念，把她的動作、心理都刻畫得唯妙唯肖。因此被人們傳為經典，爭相傳唱。看到臣子的作品這麼受歡迎，身為皇帝的李璟心裡有些不開心。有一天，他對馮延巳說：「風把池水吹皺了，與你何干？」這句話看似調笑，卻可能有兩個意思：

第一，人家女人家的事情，你一個大老爺們那麼感興趣做什麼？

第二，你這句寫得很好啊，比朕所寫詞句都好！

第一種可能是斥責，言下之意是馮延巳身為朝廷大臣，寫這些東西不成體統；第二種則可能是嫉妒。不管是哪一種，對馮延巳來說都是麻煩上門。但是據說馮延巳不僅學問淵博，詞寫得好，連他的應變能力與口才也是一流。面對皇帝的責問，他畢恭畢敬地說：「哪裡能比得上陛下的『小樓吹徹玉笙寒』？」

皇帝的責問可能有兩種解釋，而馮延巳的回答妙就妙在也有兩種相應的解釋：

第一，你說我大老爺們寫女人家的事情，陛下您寫的「小樓吹徹玉笙寒」難道不也是指女人的事情嗎？

第二，陛下過獎了，臣的詞寫得再好，也趕不上陛下那句「小樓吹徹玉笙寒」啊！

由此可見，馮延巳不僅機敏過人，而且善於逢迎，就這樣巧妙地化解了一場危機。

宋詞小帖

馮延巳是五代的詞人，也是南唐宰相，還是南唐後主李煜的老師。他的很多詞都表現出時間的流逝與生命的短促，流傳至今的作品很多。

〈鵲踏枝〉

誰道閒情拋擲久，每到春來，惆悵還依舊。日日花前常病酒，不辭鏡裡朱顏瘦。

河畔青蕪堤上柳，為問新愁，何事年年有？獨立小橋風滿袖，平林新月人歸後。

對政治無感、最不可能當上皇帝的李煜，爲何卻登上皇位？

——歸時休放燭光紅，待踏馬蹄清夜月

李煜是南唐第三個皇帝，也是最後一個皇帝，後人稱他為「南唐後主」或者「李後主」。但是你知道嗎？李煜本來是最不可能當上皇帝的。

李煜是南唐中主李璟的第六個兒子，他上面還有五個哥哥，包括後來被立為太子的李弘冀，按照正常順序，怎麼也不會輪到他當皇帝。可是命運就是如此捉弄人，在他成長過程中，他的四個哥哥相繼去世，只剩下太子了。這時候的李煜還不叫李煜，叫李重嘉。

太子李弘冀很有野心，同時立有軍功，是當皇帝的最佳人選，可是因為皇帝和太子的一次爭吵卻徹底改變了一切。

一次，皇帝對太子發怒，說要廢掉他這個太子，把皇位傳給李景遂。李景遂是誰呢？是中主李璟的弟弟，也是太子和李煜的叔父。所以即使太子被廢，皇帝也沒有想到讓李煜即位，而是想把帝位傳給弟弟。誰知道不久之後，李景遂竟然暴死了，有傳言說是太子因為怕叔父搶奪帝位，於是先毒死叔父。僅僅一個月之後，太子殿下居然也暴病身亡！有傳言說，太子謀害叔父的事跡敗露，皇帝大怒，賜死了太子。

於是，原來只是皇帝的幼子，怎麼也輪不到他即位的李重嘉，就被命運推到了前台，在他父親去世之後，他登上南唐的皇位，改名為李煜。

但是李煜沒有事先為登上皇位做任何準備，相反地，他一直準備放棄榮華富貴，去過自己想過的生活。在太子還在世的時候，李煜一方面為解除太子對自己的顧慮，另一方面出於天性，把所有心思都投身於書法、繪畫和詩詞當中，對政治毫無興趣，一竅不通。但命運卻沒有順遂他的心意，這個最不可能當皇帝，也最不願當皇帝的人，最後居然還是被強行架上了皇位。

而此時的南唐，已經是江河日下。在中主李璟的時代，南唐在與後周的戰爭中就遭遇多次失敗，丟掉大片領土；李煜於公元九六一年即位，前一年，也就是公元九六〇年，後周大將趙匡胤發動陳橋兵變，黃袍加身成了皇帝，建立更加強大的王朝——宋。毫無執政能力的李煜面對強大的對手，能怎麼做呢？

李煜上表宋朝，表示不再自立為國，而是向北宋稱臣，並每年向北宋按時進貢。北宋的使臣來南唐的時候，李煜總是要換下黃袍，穿上官員穿的紫袍見使臣，表明自己也是大宋的臣子，希望以此來換得趙匡胤的隱忍，好讓自己在江南的一隅之地能夠繼續偏安下去。

之後，李煜便幾乎不理國事，繼續潛心於書法、詩詞和繪畫，同時不忘記自己最喜歡的事情：舉行宴會。

〈木蘭花〉

晚妝初了明肌雪，春殿嬪娥魚貫列。
笙簫吹斷水雲間，重按霓裳歌遍徹。
臨風誰更飄香屑？醉拍闌干情味切。
歸時休放燭光紅，待踏馬蹄清夜月。

這首詞描寫的就是李煜在皇宮舉行宴會的情景：

宮女們畫好了專為宴會準備的晚妝，一個個肌膚像雪一樣潔白細膩，宮殿裡妃嬪宮女們魚貫而入，晚宴開始進行。笙簫等樂器的聲音響徹水際雲邊，樂隊演奏的是唐明皇作的〈霓裳羽衣曲〉，一遍演奏完後，李煜覺得沒有盡興，於是要求再來一次，再來一次！看來，那時候李煜就懂得「重複播放」了。李煜的宴會十分奢華，不僅有美女歌舞，還有專人拋撒香粉，整個宮殿都香噴噴的。喝到酒酣耳熱之際，半醉的李煜還拍著欄杆打拍子，高興得手舞足蹈。夜深了，宴會也該散了吧？但是李煜像個貪玩不想睡覺的孩子，堅決不願意回到床上休息，他居然要騎上馬，在皎潔的月光下踏月而行！

李煜的宴會一晚一晚地輪番進行著，而北方的宋朝一天比一天強大，李煜似乎不知道，或者是不願去想，他的小朝廷，終有一天會被剛剛興起的強盛宋朝碾得粉碎。

{宋詞小帖}

李煜的大小周后是怎樣的女子？

李煜有過兩個皇后，這兩個皇后還是一對姐妹。

李煜的第一個皇后姓周，名薔，小字娥皇，是大司徒周宗的女兒，相貌嬌美，音律、歌舞、書史、圍棋無不精通，是南唐著名的才女。中宗李璟在世的時候，就十分喜愛這個聰明伶俐的女子，於是做主把她嫁給了李煜，這一年，李煜十八歲，娥皇十九歲。李煜即位之後，娥皇被立為皇后。

可惜好景不長，李煜即位四年之後，周后身患重病，病中，他們四歲的兒子意外夭折，更給病中的周后雪上加霜。

大周后去世後，李煜續娶了她的妹妹周薇，後人稱她為小周后。小周后後來在南唐滅亡之後跟著李煜一起去了汴梁，在李煜不幸被毒死後，小周后也隨之絕食而死。

南唐爲什麼會亡在一個科考落榜生手裡？

——四十年來家國，三千里地山河

南唐國勢在中主李璟時代就已經日漸衰落，李煜即位的時候，大臣潘佑曾經寫詞諷刺當時的南唐「已失了江山一半」，因為與後周作戰失敗使南唐丟掉了淮北的大片領土。而完全不懂政治的李煜即位後，整天不是忙於吟詩作賦就是大擺宴席，國力更是一天比一天衰弱。長年的戰爭使國內財富虛耗，民不聊生，以至於南唐竟無法為士兵提供武器鎧甲等配備，於是讓士兵穿著紙做的鎧甲，拿著農具當武器，這支部隊被稱為「白甲軍」，而這樣的軍隊，最後只能成為裝備精良的敵軍的刀下冤魂。

面對崛起的大宋，南唐的滅亡已成定局，只是不知道什麼時候要滅亡。

而李煜此時還天真地以為，他的王國有長江天塹作為屏障，大宋的軍隊是怎麼也攻不過來的。他萬萬沒想到，被他當作定心丸的長江天塹竟然被一個科舉落榜的書生攻破。

這個書生名字叫樊若水。樊若水是金陵城裡的一個書生，多次參加科舉考試，但是都失敗了。樊若水認為失敗的原因不是自己沒有才華，而是南唐朝政腐敗，官場黑暗。於是他決定用自己的辦法報復這個南唐小朝廷。

樊若水知道，宋太祖趙匡胤崛起於北方，先後已經滅掉楚、荊南、後蜀和南漢等諸國，勢力越來越大，南唐肯定是他的下一個目標。但是長江自古為天塹，阻擋住了大宋的猛將雄兵。三國時西晉王濬是從長江上游造船，沿江東下，才滅了吳國，但是造船會耗費太多財力與時日，這也是趙匡胤遲遲未動手的原因。樊若水想，如果能在長江上架設浮橋運送軍隊，那麼大軍渡江如履平地，攻下南唐豈不是易如反掌？於是，樊若水便暗自計畫要設計出一個最好的架橋方案，作為見面禮，送給宋太祖。

從那時起，長江邊上多了一個神祕的漁翁。沒人知道他從哪裡來，更沒人知道，這個漁翁經常在別人沒有注意他的時候，偷偷划著船，帶著絲繩，把絲繩拴在東岸的礁石上，然後再划船到西岸，測量江面的寬度。

當樊若水把一切都測量完畢之後，便逃到汴梁，向宋太祖呈上他親手繪製的「橫江圖說」，上面將長江采石一帶的險要曲折標示很清楚，尤其對江面寬度更是標註得十分詳細。

宋太祖大喜，決定採納樊若水的建議，在采石江面上架設浮橋攻打南唐。

此時的李煜還被蒙在鼓裡，他幼稚地以為長江天塹是不可能被踰越，直到浮橋架好，宋軍源源不斷地跨過長江，把金陵城圍成鐵桶，他才知道大勢已去。被圍困一年多後，金陵被攻破，走投無路的李煜只好讓人把自己捆起來，出城後跪在宋軍主帥曹彬的馬前投降。

從祖父手裡傳承下來四十年的江山此時斷送在自己手裡，李煜心情十分沉重。他永遠都忘不了倉皇辭別宗廟的那一天。按照慣例，在離開金陵去汴梁之前，他要去太廟告別。李煜和小周后被宋軍押著，走在前往宗廟的路上，他想起傳承了四十年的朝廷，全盛時有三千里地的山河。南唐因地處江南水鄉，向來是十分富裕的地方，這裡高樓高聳入雲，樹木隨風搖曳，就像一匹匹的絲絹，自己生活在這富足和美麗景色中，哪裡見識過戰爭的殘酷！

可是，這樣美麗的國家，說亡就亡。一夜之間，自己一下子從皇帝變成囚徒。李煜覺得自己就像南朝的沈約和潘岳一樣，他們由於愁苦，一個腰圍減少了，一個鬢髮斑白了。而此時的李煜，愁苦不知比他們的要深多少。終於來到了太廟，李煜想哭卻哭不出來。這時候，隨行的樂隊竟然演奏起別離歌。李煜悲從中來，他知道，這一去就是永別。他不知道如何作別自己的國家，於是，他只好跟宮女們一個個告別。

〈破陣子〉

四十年來家國，三千里地山河。鳳閣龍樓連霄漢，玉樹瓊枝作煙蘿，幾曾識干戈。
一旦歸為臣虜，沈腰潘鬢銷磨。最是倉皇辭廟日，教坊猶奏別離歌，垂淚對宮娥。

宋詞小帖

李煜這首〈破陣子〉表現出南唐滅亡時他的痛苦與悲涼，不過這首詞的最後一句，有一位文學家卻頗有微詞，你知道這個人是誰嗎？

這個人就是蘇軾。

蘇軾說，後主國破家亡，此時應該是到太廟去向列祖列宗請罪，痛哭流涕以表示心中的悔恨，怎麼能盡是顧著跟宮女們告別呢？

蘇軾的觀點沒有錯，不過這似乎也說明李煜並不是一個真正的皇帝，他其實只是個披著黃袍的詞人。

降宋後的李煜日子過得如何？

——車如流水馬如龍，花月正春風

雖然每個人的一生都難免有高潮和低谷，由風光無限到門庭冷落也是平常的事，但是李煜人生的轉折實在太大了——前一天還是九五之尊的皇帝，富貴奢華，夜夜笙歌，轉眼就國破家亡，淪為階下囚，不要說富貴榮華，就連自己的小命都朝不保夕。

李煜降宋之後，被封為「違命侯」，雖然後來又被晉封為「隴西郡公」，但是他的身分其實就是一個囚徒。他到汴梁之後，被軟禁在一座小院裡，門口有一個老士兵看守。李煜和他的家人沒有任何人身自由，出門都必須預先稟報皇帝。想到曾經擁有的地位和土地，再反觀現在自己的處境，李煜每天都肝腸寸斷。多年的習慣讓他還是經常提筆寫詞，但是這時候寫的再也不是以前那些歡樂宴飲的時光，而是此時心中無限的悽苦和悲涼。

一個春末的夜晚，夏天已經快到來了。李煜睡夢中，彷彿回到了從前。那時候他還是南唐的皇帝，每天晚上，他的宮殿裡都會舉行歡樂的聚會，美麗的宮女們排著隊列，唱歌，跳舞，演奏動聽的曲子，他和大臣們欣賞著表演，頻頻舉杯，一醉方休。夢中，他忘記這一切不過是回憶，而現在，自己卻已成為囚徒。突然，夢醒了。

盯著黑洞洞的屋頂，李煜聽到了淅淅瀝瀝的雨聲，驚醒的他漸漸回到現實：他不是住在南唐的皇宮裡，而是住在汴梁這座小院的小樓上。夢裡的歡樂，已經一去不復返了。這時候他感覺到一陣陣寒意。按理說，春寒已經過去，夏天就快到來，不應該這麼冷。但是李煜明白，讓他寒冷的不是天氣，而是自己的心。

李煜再也無法入睡，他披衣起床，走到門外走廊上，憑欄眺望，可是，這更讓自己心如刀絞——遠望南方，那曾是自己的故國，是留下無數美好和歡樂的地方，但是現在那裡再也不屬於自己，自己也永遠回不去了。昨天和今天的對比，就像一個在天上，一個在人間。也像這春末的落花，隨著流水而去，再也無法回頭。

李煜淚流滿面，回到臥室。提筆寫下這首〈浪淘沙令〉：

〈浪淘沙令〉

簾外雨潺潺，春意闌珊。羅衾不暖五更寒。夢裡不知身是客，一餉貪歡。

獨自莫憑欄，無限江山，別時容易見時難。流水落花春去也，天上人間。

現實太殘酷了，無奈的李煜，只好在夢中尋求安慰。因為在夢裡，他能暫時忘記自己的處境、自己的身分，還有這無盡的悲涼和悽慘。

〈望江南〉

多少恨，昨夜夢魂中；還似舊時遊上苑，車如流水馬如龍，花月正春風。

多少淚，斷臉復橫頤。心事莫將和淚說，鳳笙休向淚時吹，斷腸更無疑。

可是夢不可能永遠不醒，每當醒來，李煜要面對的，總是更大的悲傷。作為一個囚徒，他失去了王位，失去了自由，也失去了尊嚴。他知道，自己很可能有一天會被心胸狹窄的宋太宗殺掉，也許到那個時候，他就真正解脫了。可是在這之前，懦弱的李煜卻只能一天一天地煎熬下去。這種痛苦遠遠不是一般人能夠承受的，所以李煜說「別是一般滋味在心頭」。

他的憂愁，也不是一般人能夠理解的。這憂愁只能化為悔恨的淚水，在無人的時候盡情地流下來。所以，李煜在公元九七六年被俘到汴梁，直至他兩年後（公元九七八年）去世，每天過的就是「以淚洗面」的生活。

宋詞小帖

除了這篇提到的作品以外，李煜降宋後的著名作品還有哪些？

〈相見歡〉

無言獨上西樓，月如鉤。寂寞梧桐深院，鎖清秋。

剪不斷，理還亂，是離愁。別是一般滋味在心頭。

〈相見歡〉

林花謝了春紅，太匆匆。無奈朝來寒雨晚來風。

胭脂淚，相留醉，幾時重。自是人生長恨水長東。

〈虞美人〉爲什麼成了李煜的絶命詞？

——問君能有幾多愁：恰似一江春水向東流

李煜降宋後，在汴梁被囚禁了兩年，經歷兩度春夏秋冬，但是很奇怪，李煜似乎唯獨跟春天「過不去」，在他後期的很多詞裡，都寫到春天。比如「林花謝了春紅」、「花月正春風」、「簾外雨潺潺，春意將闌」等詞句。為什麼痛苦萬分的李煜在詞作中最喜歡寫到春？也許是因為此時李煜的心情已經跌到谷底，他的精神也是萬念俱灰，如果這時候外面的景色也是陰暗淒涼的，倒是正好符合他的心情，但是春天卻是繁花似錦、風景秀麗，所以這美好的景物恰恰與他灰暗的心情形成對比，又像是給了他一記無形的鞭子。而春景越美麗，李煜的心情就越哀傷，所以，他後期的詞裡經常寫到春天，其實就是以樂景襯哀情。

悲傷到極致的李煜容不得任何美麗的景色，不僅是春天的鮮花，就連秋天的滿月他也覺

得「看不慣」——為什麼生活中會有這麼多美好？為什麼我的生活卻這麼悲慘？他甚至說，這些美好為什麼就這樣沒完沒了？讓它們趕快消失吧！我的生命只需要悽慘的風，只需要悲傷的雨！就連春天和煦的東風，都讓李煜感覺到寒毛倒豎。其實他自己也知道，自己之所以這樣「痛恨」一切美好，只是因為自己生命中的美好已經隨著那個南唐小朝廷被永遠地埋葬了，再也不會回來。

他遙想遠在南唐的皇宮，精美的雕花欄杆和台階應該還在吧？但是自己住過的宮殿，現在已經換了主人，伴隨自己的只有無盡的哀愁。這哀愁到底有多深，有多重，誰也說不出來，看著那永不停息的東流水，李煜想，自己的哀愁大概就像春水一樣，永遠沒有盡頭吧。

太平興國三年（公元九七八年）七月初七，這一天是李煜的生日。降宋以來，李煜一直苦悶抑鬱，他想開個生日宴會來散散心。他叫跟隨來宋的南唐樂隊演奏音樂，自己寫下一首詞，讓他們演唱，誰知道，這首詞卻成了李煜的絕命詞。

〈虞美人〉

春花秋月何時了，往事知多少。小樓昨夜又東風，故國不堪回首月明中。

雕欄玉砌應猶在，只是朱顏改。問君能有幾多愁：恰似一江春水向東流。

據記載，李煜院子裡演奏音樂的聲音被宋太宗趙光義聽見，而他早就對李煜心生不滿，這時候就下了毒手。他派人給李煜送來毒酒，裡面放有一種叫牽機藥的劇毒藥。服了牽機藥之後，人的頭和腳會碰在一起，劇烈抽搐而死。李煜就這樣死在自己四十二歲的生日宴會上。一代皇帝詞人，就此凋謝。

宋詞小帖

〈虞美人〉這個詞牌是怎麼來的？

秦末楚漢戰爭的時候，西楚霸王項羽有一個寵姬叫虞姬，項羽出征的時候經常把她帶在身邊。垓下之戰，項羽被漢軍四面圍住，此時外面又響起楚歌，項羽以為楚地都被漢軍占領了，方寸大亂，認為自己敗局已定，於是叫來虞姬一起喝酒，項羽唱了一首〈垓下曲〉：

力拔山兮氣蓋世，時不利兮騅不逝。騅不逝兮可奈何，虞兮虞兮奈若何！

虞姬聽後淚流滿面，也作了一首歌：

漢軍已略地，四方楚歌聲。大王意氣盡，賤妾何聊生。

說罷，虞姬就舉劍自刎。後來人們為了紀念虞姬，就創作〈虞美人〉詞牌，這個詞牌原來是唐代教坊曲，又名〈玉壺水〉、〈巫山十二峰〉，後來因為李煜的這首詞，這個詞牌又被稱為〈一江春水〉。

宋代不只名門女子能寫詞，連一般民女都能寫出一手好詞！

——明月當軒，誰會幽心

我們知道，詞雖然起源於唐，但全盛期卻是在宋代，所以我們習慣稱詞為「宋詞」，宋詞因此與唐詩並列為古代最著名的兩大詩歌體裁。那麼，詞在宋代到底流行到什麼程度呢？詞的流行透過一件事情可以明顯體現出來，就是宋代不僅有很多男性詞人，還有很多女子也能寫出一手好詞。

大家都知道，古代重男輕女，很多女子是不能接受教育的，甚至有人認為「女子無才便是德」。但是，宋代詞是如此流行，所以深藏閨中的女子也深受影響，寫出了很多詞，不少還流傳到現在。

〈訴衷情〉

閒中一弄七弦琴。此曲少知音。多因淡然無味，不比鄭聲淫。

松院靜，竹林深。夜沉沉。清風拂軫，明月當軒，誰會幽心。

這首詞的作者叫楊妹子（一說為張掄）。據史料記載，楊妹子是宋寧宗楊皇后的妹妹，也就是皇帝的小姨子。這個小姨子才華出眾，擅長詩書，而且喜歡書法，她的字跡與寧宗很像，所以當時皇宮裡的很多書畫會讓她代筆替皇帝題寫文字。

這首詞描寫的是一個志趣高雅的人正在撫弄古琴。因為古曲大多比較深奧，也沒有流行歌曲那麼熱鬧吸引人，所以很多人都不喜歡。於是女詞人感到有些寂寞和憂傷，在靜靜的夜裡，在種著松樹的院子裡，明月當空，詞人只能一個人靜靜地撫琴，等待著自己的知音。

宋代的女子不僅能寫詞，有些甚至還能自己創造新的詞牌呢！

宋仁宗的時候，有一個太尉（宋代主管軍事的高官）娶了皇族的女子為妻，這女子推估不是皇帝的女兒就是皇帝的妹妹。有一天這個女子進宮向皇帝哭訴：「我丈夫新娶了一個小妾，現在整天寵愛她而疏遠我！」皇家的女子居然受此委屈，這還了得！皇帝大怒，下旨把那個小妾流放，而太尉被扣了一年的俸祿。按照當時的法律，妻子告發丈夫也是要受懲罰的，所以太尉夫人被安排到一處叫瑤華宮的道觀居住。一年多以後，春天來了，遠處的柳樹像輕煙一樣美麗，剛下過小雨，天空正在放晴。花朵上的露水慢慢下滑，已經快落到花莖上。院子裡有一個鞦韆，但是太尉夫人無心玩樂，她看到海棠花馬上就要凋謝，想到時節已經是過了清明。太尉夫人覺得很孤單，她想，即使自己精心妝飾，現在又能給誰看呢？她有些後悔，她很想回到自己的家，見自己的丈夫，但是皇帝把他們分開，讓她陷入無限痛苦。

於是，太尉夫人自己創作了一個詞牌，名字就叫〈極相思令〉：

〈極相思令〉

柳煙霽色方春。花露逼金莖。鞦韆院落，海棠漸老，才過清明。

嫩玉腕托香脂臉，相傳粉、更與誰情。秋波綻處，相思淚迸，天阻深誠。

其實，皇親國戚、達官貴人家的女子會寫詞也不算什麼稀奇事，因為當時雖然男尊女卑，但是貴族女子還是能夠接受教育的。然而，宋代即便是貧民家的女子也能寫詞，甚至能現場寫詞，這就讓人更驚訝了。

宋徽宗的時候，有一年正月十五大放花燈，汴梁城裡的人們都紛紛出來觀看。宋徽宗為了與民同樂，也來到城樓上觀看。待到快半夜的時候，宋徽宗下旨，讓太監拿出宮裡的美酒，用金杯盛著賞賜給觀燈的百姓喝，當下大家都非常高興，大呼萬歲。可是過了一會兒，衛士們就押著一名女子到皇帝跟前說：「這個民女喝了御酒之後，居然想偷走金杯！」宋徽宗問：「妳為什麼要偷金杯？」女子仰頭回答說：「民女今天是跟夫君一起來觀燈的，但是人太多，我和夫君被擠散，這時候正好碰上陛下賞賜美酒，民女就喝了。但是我害怕回去之後公婆會責怪我身邊沒有丈夫陪同還喝得滿嘴酒氣，於是才膽大包天，想把金杯偷回去做個證明。」說完，這個民女居然當場吟出一首詞：

〈鷓鴣天〉

燈火樓台處處新。笑攜郎手御街行。回頭忽聽傳呼急，不覺鴛鴦兩處分。
天表近，帝恩榮，瓊漿飲罷臉生春。歸來恐被兒夫怪，願賜金杯作證明。

宋徽宗聽完她的解釋，又聽了她吟的詞，不禁大笑，下令衛士們釋放這名女子，並把金杯送給她以示獎勵。由此可見，宋代真是一個詞的時代，不僅男人們寫詞，女子也能寫詞，更湧現出了李清照、朱淑真、嚴蕊等女詞人，關於她們的故事，後面再慢慢講。

宋代女尼陳妙常的愛情故事

陳妙常是宋代女貞觀的一個尼姑，她長得很漂亮，也很有才華。當時的臨江縣令、著名詞人張孝祥喜歡上她，就寫了一首詞去挑逗她，可是陳妙常對張孝祥不感興趣，回他這樣一首詞：

〈**楊柳枝**〉

清淨堂中不捲簾，景悠然。閒花野草漫連天。莫胡言。
獨坐洞房誰是伴，一爐煙。閒來窗下理冰弦。小神仙。

張孝祥碰了一鼻子灰，無可奈何，但是他也很欽佩陳妙常的才華。後來，陳妙常遇到了書生潘必正，陳、潘二人經過茶敘、琴挑、偷詩等一番波折後，私訂終身。

潘必正想光明正大地迎娶陳妙常，怎奈陳妙常已經出家，當時規定，出家人若要還俗必須經過官府同意。潘必正無奈，去找當時身為父母官的老友張孝祥想辦法，務請其設法成全。張孝祥笑道：「此事不難，你可以到縣衙捏造說你的父母與陳妙常的父母有指腹為婚，後因戰亂離散，而今幸得重逢，訴請完婚，我自有處置之道。」陳妙常別無選擇，硬著頭皮來到縣衙，呈上狀紙，驚惶萬狀地聽候發落，只聽堂上厲聲道：「好個『清淨堂中不捲簾』，今天卻是為何？」這當然是戲弄潘、陳，於是在大笑聲中落筆判曰：

道可道，名可名；空即是色，色即是空。清者濁之源，守不住煉藥丹爐；動者靜之機，熬不過凡情慾火。大都未撞著知音，多半屬前生注定。拋棄了布袍草履，再穿上翠袖羅裳；收拾起紙帳梅花，準備著羅幃繡幔。無緣處青蒲黃庭消白日，有情時洞房花燭照乾坤。

陳妙常和潘必正終成連理。這個故事後來被劇作家高濂改編為《玉簪記》。作者把陳妙常對愛情既熱烈追求又害羞畏怯的複雜心理，描寫得玲瓏剔透。〈秋江哭別〉一齣，情景交融，富有詩意。〈琴挑〉、〈秋江〉等作品一出現，即被各種地方戲作為保留劇目，盛演不衰。

詩詞中的傳統節慶

元宵節

——去年元夜時，花市燈如畫。月上柳梢頭，人約黃昏後。

元宵節又稱上元節、元夕或者燈節，是春節後第一個重要節日，也是漢文化圈和海外華人的傳統節日之一。在元宵節，人們吃元宵、出門賞月、看花燈、猜燈謎、舞龍燈、耍獅子、踩高蹺、划旱船、扭秧歌，可以說，元宵節也是中國傳統的狂歡節。

元宵節始於兩千多年前的西漢時期，漢文帝當時下令將正月十五定為元宵節。古往今來，關於元宵節的詩詞很多，你知道哪些呢？

關於元宵節的詩詞，最著名的可能就是辛棄疾的〈青玉案〉。這首詞描寫宋代元宵節的

盛況，還描寫了作者與思念的人約會卻一直沒能找到她，眾裡尋他千百度之後，才看見「那人卻在，燈火闌珊處」。

古代元宵節時，平時大門不出二門不邁的女子可以大大方方地出門看燈，比如前面提到的宋徽宗時期的竊杯女子，也是在元宵節的時候和丈夫一起出來看花燈的。因此，元宵節也是當時男女約會的最佳時機。比如歐陽修的〈生查子〉（一作朱淑真）：

〈生查子〉

去年元夜時，花市燈如晝。月上柳梢頭，人約黃昏後。
今年元夜時，月與燈依舊。不見去年人，淚濕春衫袖。

當然，這樣熱鬧的景象古代一般都是在大城市，如果是偏遠鄉村，可能元宵節的景象就要遜色得多。蘇軾在密州當太守的時候，恰逢在此地過元宵節，在這兒只是鄉里人隨意吹打一會兒樂器就偃旗息鼓了，蘇軾不由得想起以前在杭州過元宵節的時候，處處火樹銀花，夜晚如晝，兩相對比，不禁有些黯然。

〈**蝶戀花** 密州上元〉

燈火錢塘三五夜。明月如霜，照見人如畫。帳底吹笙香吐麝。此般風味應無價。

寂寞山城人老也。擊鼓吹簫，乍入農桑社。火冷燈稀霜露下。昏昏雪意雲垂野。

女詞人李清照年輕的時候，與丈夫趙明誠恩愛情深，那時候的元宵節，想必是夫妻雙雙出遊，通宵盡興才罷。可是後來禍從天降，北宋被金所滅，李清照倉皇南渡，緊接著丈夫就暴死了，她與丈夫窮盡半生蒐集的金石古籍，或被毀、被騙、被偷、被搶，最後幾乎沒有任何剩餘。晚年的李清照孤苦一人，在過元宵節的時候，別人來邀請她，她卻不願參加，因為這會勾起自己的傷心往事，更加痛徹心扉。

〈**永遇樂**〉

落日熔金，暮雲合璧，人在何處。染柳煙濃。吹梅笛怨，春意知幾許。元宵佳節，融和天氣，次第豈無風雨。來相召、香車寶馬，謝他酒朋詩侶。

中州盛日，閨門多暇，記得偏重三五。鋪翠冠兒，捻金雪柳，簇帶爭濟楚。如今憔悴，風鬟霜鬢，怕見夜間出去。不如向、簾兒底下，聽人笑語。

同樣的節日，同樣的景物，卻是截然不同的心境。物是人非，李清照借元宵節寫自己的身世，這首詞也算是元宵詩詞裡的獨特之作。

而南宋滅亡之後，蒙古人統治了中原，當時元宵節還是照樣過，不過似乎與以前有一些不同，以前是舞獅子，這時候卻是鐵甲戰馬披上一層氈子，照例應該有音樂，不過此時的音樂卻夾雜了很多異族的曲調。詞人劉辰翁目睹這一切，想到家國破亡之痛，寫下了這首〈柳梢青・春感〉：

〈**柳梢青** 春感〉

鐵馬蒙氈，銀花灑淚，春入愁城。笛裡番腔，街頭戲鼓，不是歌聲。

那堪獨坐青燈。想故國、高台月明。輦下風光，山中歲月，海上心情。

北宋神童宰相晏殊竟然也有寫不出下句的詞？

——無可奈何花落去，似曾相識燕歸來

古代曾出現過很多神童，比如七歲寫〈詠鵝〉的駱賓王，九歲寫〈指瑕〉的王勃，九歲被舉為神童的楊炯。這些神童在別的孩子還只會成天玩耍的時候就做出連成年人都難以達到的成就，真是讓人羨慕嫉妒啊！

可是，很多神童都是小時候很了不起，長大之後卻非常潦倒，甚至十分悲慘。駱賓王後來因為參加反對武則天的起義，兵敗被殺；王勃年少氣盛，多次觸犯法律，差點被殺頭，二十多歲就溺水而死；楊炯還稍微好一點，但是一生也只做了個小官，與他神童的出身很不相配。難道所有的神童都是方仲永所說的「小時了了，大未必佳」嗎？

不見得，北宋有一個神童，不僅小時候特別聰明，長大之後更是仕途順利，一直做到宰

相，而且受到三位皇帝的信任。這個人就是晏殊。

據史載，晏殊自幼就聰慧絕倫，七歲就能寫文章。傳說他小時候讀私塾，老師出上聯：「聖賢書中求富貴。」晏殊馬上對出下聯：「龍虎榜上爭魁豪。」這個下聯不僅與上聯對仗工整、天衣無縫，更凸顯出童年晏殊的遠大志向——要金榜高中，成為人中英傑。難怪老師聽後連聲稱讚：「此兒日後必成大器！」

晏殊十四歲的時候，由江南安撫使張之白舉薦進京。宋真宗要他和其他千餘名進士一起考試，還是少年的晏殊「神氣不懾，援筆立成」（《宋史．晏殊傳》），意思是說這個十四歲的少年要和一千多個叔叔伯伯（甚至爺爺）一起參加考試，他居然一點都不怯場，一提筆就寫出漂亮的文章。皇帝十分欣賞，賜他同進士出身。古代考進士是非常艱難的，唐代有一首歌謠說「五十少進士」，意思是進士非常難考，五十歲能考中都算年輕的。唐宋的著名文人中，王維二十歲考中進士，柳宗元二十歲考中進士，白居易二十九歲考中進士，而孟郊四十六歲才考中進士，皓首窮經一輩子結果老死鄉間的也數不勝數。而晏殊十四歲就金榜題名，堪稱是天才中的保時捷，神童中的戰鬥機。

按照當時的規定，進士考試兩天之後，晏殊還要參加詩賦的考試。試卷發下來後，晏殊說了一句讓所有人大吃一驚的話：「這道題目我以前曾經寫過，希望能換一道題目。」考前猜對考題，是每個考生最大的夢想，可是晏殊居然把送上門的便宜推走，驚得人們下巴碎了一地。而皇帝則認為他為人誠實，十分高興。晏殊的試卷做好之後，皇帝更是大為讚賞，授予他秘書省正字官職。

在皇帝眼中，晏殊的誠實並不是矯飾，而是純出於天然。當時真宗正想挑選一個品德高尚的大臣輔佐太子，於是選中了晏殊。真宗說：「我近日聽說很多官員都嬉遊宴飲，通宵達旦，只有晏殊閉門與兄弟讀書，嚴謹厚道，正好可以當太子的老師。」晏殊接受任命之後，知道皇帝會選擇自己的理由，他卻對皇帝說：「我不是不喜歡嬉遊宴飲，而是因為家貧所以沒有相應的器具，如果我有錢的話，一定也會前往的。」而他的坦白，更讓皇帝感覺到他的誠實，對他也就更加信任。

後來晏殊在官場上雖然有過一些小波折，但總括來說還算一帆風順，他在五十三歲的時候，成了大宋王朝的宰相。

晏殊是一個很好的官員。在擔任地方官的時候，他就請來范仲淹等著名文人當老師，興建學校，教授學生。據史書記載，從五代以來，天下學校都荒廢了，而宋代興辦學校，就是從晏殊開始的。晏殊興辦的學校為宋代培養出大批高質量的人才，范仲淹、孔道輔、韓琦、富弼、宋庠、宋祁、歐陽修、王安石等人，均是出自晏殊門下，這些人後來都成為朝廷重臣，而仁宗朝也被稱為是宋代人才最多的時代。

神童出身的晏殊自然滿腹經綸，文采出眾，他也是宋代著名的詞人之一，至今他的很多作品依然流傳於世。

〈浣溪沙〉

一曲新詞酒一杯。去年天氣舊亭台。夕陽西下幾時回。

無可奈何花落去，似曾相識燕歸來。小園香徑獨徘徊。

這首詞最為人稱道的是下闋的前兩句：「無可奈何花落去，似曾相識燕歸來。」關於這兩句，有一個有趣的故事。

晏殊出巡揚州時，一次到大明寺遊覽，見牆壁上有很多題詩。於是他坐下，叫隨從將題詩唸出來，但是不許唸出作者的名字和身分。聽了一會兒，晏殊覺得有一首詩不錯，就問是誰寫的，隨從回答，作者是當地的一個小主簿，名叫王琪。晏殊叫人把王琪找來，他們一起探討詩文，結成忘年之交。

一次，晏殊告訴王琪，自己有一句詩「無可奈何花落去」，幾年來苦思之下，一直未得下句，王琪思索之後回答：「何不對『似曾相識燕歸來』？」晏殊聽後連聲叫絕。

於是，晏殊在他的律詩〈示張寺丞王校勘〉中，第一次使用了這聯：

元巳清明假未開，小園幽徑獨徘徊。
春寒不定斑斑雨，宿醉難禁灩灩杯。
無可奈何花落去，似曾相識燕歸來。
遊梁賦客多風味，莫惜青錢萬選才。

而晏殊對這兩句看來是愛不釋手，於是在〈浣溪沙〉裡又再次使用。而這兩句也隨之名垂青史了。

宋詞小帖

你知道〈浣溪沙〉詞牌的來歷嗎？

傳說古代越國的美女西施曾經在若耶溪浣紗（洗衣服），後來人們詠歎此事，就作了〈浣溪沙〉詞牌，因此，「沙」一作「紗」。據資料記載，唐代教坊曲就有〈浣溪沙〉這個名稱，現存最早的〈浣溪沙〉是唐代韓偓的作品。南唐的時候有一個很有名的歌手叫王感化，史料記載他的歌聲「聲韻悠揚，清振林木」，當時的皇帝南唐中主李璟很喜歡他，就親筆寫了兩首〈浣溪沙〉賜給他。

〈浣溪沙〉還有一種變體，就是把原來的一句破為兩句，把七個字增加為十個字，就叫〈攤破浣溪沙〉，最著名的就是中主李璟的一首作品。（見〈誰寫的詞連皇帝都嫉妒？〉）

宋詞裡竟然藏有「人生成功三大祕訣」？

——昨夜西風凋碧樹。獨上高樓，望盡天涯路

成功是每個人都渴求的。人生在世，誰不希望能夠做一番轟轟烈烈的事業，無愧天地，不虛此生呢？但是到底怎樣才能成功，卻眾說紛紜，莫衷一是。有人說要立志才能成功，有人說要堅持才能成功，還有人說要有機遇才能成功。但是你知道嗎？其實宋詞裡面早已經有成功的祕密，不過這個祕密雖出自於宋詞，但是最終為我們揭曉的，卻是清末民初的一位大學問家，他叫王國維。

王國維先生有一本著作，至今仍然是我們學習和研究宋詞的重要參考資料——《人間詞話》。王國維先生在這本書裡說：

古今之成大事業、大學問者，必經過三種之境界。「昨夜西風凋碧樹，獨上高樓，望盡天涯路。」此第一境也。「衣帶漸寬終不悔，為伊消得人憔悴。」此第二境也。「眾裡尋他千百度，驀然回首，那人卻在，燈火闌珊處。」此第三境也。

這段話的意思是什麼呢？

王國維先生認為，成功的第一境界就是立志。沒有遠大的志向，人是不可能有為之努力奮鬥的目標的。而要有遠大的志向，就必須站得高，看得遠。就像在秋天的夜晚，秋風把樹葉都吹落了，只剩下稀疏的樹枝，但是此時登上高樓，因為少了樹葉的遮擋，反而看得更遠。極目望去，目光穿透秋林，看到了遠去天涯的道路。

而成功的第二境界就是堅持。「繩鋸木斷，水滴石穿」，我們都知道李白小時候「鐵棒磨針」的傳說，任何人要成功，一定要經過長期不懈的努力，成功不可能從天上掉下來，必須用我們的毅力與恆心去換取，哪怕因此而變得消瘦，腰帶都越來越寬，但是只要我們堅持不懈，一定會有收穫。

而成功的第三境界就是「踏破鐵鞋無覓處，得來全不費工夫」。很多人的成功似乎是很偶然的：一天，居里夫人發現實驗室出現一種奇怪的亮光，她因此發現了鐳；愛迪生發現鎢絲是做燈泡的好原料，於是發明了電燈。可是我們要知道，居里夫人是從成噸的瀝青鈾礦中經過無數次實驗才提煉出十分之一克的鐳，而愛迪生更是經歷了一千六百多次實驗的失敗才發明了燈泡。所以，看似偶然的成功其實並不偶然，成功總是建立在堅持不懈的努力基礎上的。

王國維先生的確為我們揭示了成功的真諦。可是你知道嗎？這裡說的成功第一境界所引用的詩句，其實就出自晏殊的一首詞。

〈鵲踏枝〉

檻菊愁煙蘭泣露。羅幕輕寒，燕子雙飛去。明月不諳離恨苦。斜光到曉穿朱戶。
昨夜西風凋碧樹。獨上高樓，望盡天涯路。欲寄彩箋兼尺素。山長水闊知何處。

晏殊這首詞真的是在講怎樣才能成功嗎？

其實不是。晏殊這首詞是一首表現女子思念丈夫的閨情詞。

上闋寫的是：種在欄杆外面的菊花和蘭花彷彿都在憂愁哭泣，秋風吹來，閨房的帷幕裡感覺到一絲寒意，燕子也雙雙飛走，到溫暖的南方過冬去了。丈夫還沒有回來，女子思念他，明月好像並不瞭解女子的思念，快到清晨的時候，月光透過紅漆的窗戶射進來，更增添了一絲寂寞。

下闋寫女子起來後，走上高樓，樹葉落盡，極目遠望，她想望到丈夫的歸來，可是怎麼也望不到。她想寫一封信給丈夫，可是山長水闊，天遙路遠，不知道丈夫在哪裡，又怎麼寫信給他呢？

可以看出，這首詞原來其實並不是講成功的，但是王國維先生卻用這個來形容成功的第一境界。不過並不是王國維先生弄錯，而是這首詞雖然寫的是思念，但是這幾句的內涵與意義其實跟人從小立志的內涵意義是相通的，於是，王國維先生便借用來談論成功。

宋詞小帖

王國維先生所引用的另外兩首詞分別是誰的作品？

柳永〈蝶戀花〉

佇倚危樓風細細。望極春愁，黯黯生天際。草色煙光殘照裡，無言誰會憑闌意。擬把疏狂圖一醉。對酒當歌，強樂還無味。衣帶漸寬終不悔。為伊消得人憔悴。

辛棄疾〈青玉案 元夕〉

東風夜放花千樹。更吹落、星如雨。寶馬雕車香滿路。鳳簫聲動，玉壺光轉，一夜魚龍舞。

蛾兒雪柳黃金縷。笑語盈盈暗香去。眾裡尋他千百度。驀然回首，那人卻在，燈火闌珊處。

「四痴」晏幾道與舊友相逢，對逝去的幸福有何感慨？

——從別後，憶相逢。幾回魂夢與君同

前面提過的晏殊被稱為「神童宰相」，也是北宋著名的詞人之一。可是，你知道嗎？他有一個兒子的身世卻跟他大不相同，他兒子也有一身才華，卻仕途失意，甚至終生潦倒，以至於被黃庭堅稱為有「四痴」，他就是晏殊的第七子晏幾道。

前面說過，晏殊擔任地方官的時候發展教育，興辦學校，培養出不少人才，仁宗時朝廷的很多大官都是晏殊的門生和老部屬，而一些名臣，如范仲淹、孔道輔、韓琦、富弼、宋庠、宋祁、歐陽修、王安石等人，均出自晏殊門下，照理說有了這些先天條件，晏幾道的前途應該是比較寬廣的，但他卻一生坎坷，過的是落魄公子的生活，甚至因為反對王安石變法而被關進監獄，差點掉腦袋，年過半百，才做了一個八品小官。這是為什麼呢？

北宋著名文學家，也是晏幾道的朋友黃庭堅，他揭示了晏幾道一生坎坷的祕密，他說：晏幾道有「四痴」，仕途坎坷卻不願意依傍貴人以求發達，此為一痴；文章寫得很好，能自成一體，卻不願意為考功名而寫文章，此又是一痴；揮霍無度，竟讓家人忍飢挨餓，此又是一痴；受到人家的欺騙卻不記恨，一味只相信別人，絕對不會懷疑別人會欺騙自己，此又是一痴。（「仕宦連蹇，而不能一傍貴人之門，是一痴也；論文自有體，而不肯一作新進語，此又一痴也；費資千百萬，家人寒飢而面有孺子之色，此又一痴也；人皆負之而不恨，己信人終不疑其欺己，此又一痴也。」）

晏幾道的孤傲，甚至連名滿天下的蘇軾都在他門前碰過釘子。蘇軾曾經想拜見晏幾道，也透過黃庭堅介紹，誰知道，晏幾道卻讓蘇軾碰了釘子。晏幾道對蘇軾說：「現在朝廷政事堂的大官們一半是我家舊客，我也沒時間見他們。」

晏幾道這樣的性格，當然注定一生貧窮不順。晏幾道字叔原，號小山，他的詞集也叫《小山詞》。晏幾道對達官貴人一概不感興趣，那麼他對誰感興趣呢？他在《小山詞．自序》中說，年輕的時候，他有兩個朋友，一個是沈廉叔，一個是陳君龍。朋友家裡有四名歌妓，分別叫蓮、鴻、蘋、雲。他們經常聚在一起，吟詩作詞，每寫好一首詞，就交給四位歌女讓她們現場演唱，三個人一邊喝酒一邊聽，樂在其中。（「每得一解，即以草授諸兒，吾三人持酒而聽，為一笑樂而已。」）這四位歌女，想必給晏幾道和他的朋友們帶來很多樂趣。後來，陳君龍殘疾了，沈廉叔去世了，三個朋友不再相聚，四個歌女也被賣給別家，各自分散。於是這曾經的樂趣就變成逝去的幸福，只能作為反襯出世事的無奈與人生的哀傷。

一天春日，晏幾道來到他們曾經一起飲酒、唱歌的那個小樓，可是這裡已經人去樓空，大門緊鎖，過去快樂的日子像一場夢，又像一次大醉，醒來之後，只看見簾幕低垂，沒有人跡。每年春天落花的時節，詞人總是有很多悲傷，因為落花讓他想起逝去的青春，無法再回來的美好時光。而這時，在落花之中他一個人孤獨地站立著，天上下起絲絲小雨，小雨中，燕子雙雙翻飛，自得其樂，而晏幾道卻感覺更孤獨了。

他想起四個歌女中的小蘋，第一次見面的時候，她穿著美麗的羅裙，胸前繡著兩重的心字。小蘋抱著琵琶彈奏，她所有的感情與思念都透過琴弦流瀉出來。可是現在她在哪裡呢？今晚的明月，還是那歡樂時候照著我們的明月，月光能不能像帶回那片彩雲一樣，也把美麗的小蘋帶回來呢？雨還在細密地下著，晏幾道沉吟良久，提筆寫下這首〈臨江仙〉：

〈臨江仙〉

夢後樓台高鎖，酒醒簾幕低垂。去年春恨卻來時。落花人獨立，微雨燕雙飛。

記得小蘋初見，兩重心字羅衣。琵琶弦上說相思。當時明月在，曾照彩雲歸。

有一天，晏幾道應邀去另一個朋友家喝酒，酒宴上，這位朋友讓自己家裡的歌女出來唱歌、跳舞，為客人助興，並為客人斟酒。晏幾道本來百無聊賴，只是出於禮節勉強應付，此時一個歌女拿著酒壺走到晏幾道桌前殷勤地勸酒，當晏幾道抬起頭，瞬間兩個人都愣住了：原來她就是以前在朋友家的四個歌女中的一個！

像一道閃電突然劈到晏幾道頭上，他眼前瞬間顯現出當年的場景：那時大家都青春年少，在一起快樂無比，整晚不停地跳舞，眼看月亮從樓邊的楊柳處升起，又眼看月亮從樓後落下；整晚不停地唱歌，畫著桃花的扇子隨著女孩們的手揮舞，送來陣陣香風。可是這一切都是很久以前的回憶了。兩個朋友，一個殘疾，一個去世，四個歌女都被轉賣給別人。從離別的那天起，晏幾道就在盼望能和她們重逢，今天竟然真的重逢了，這驚喜讓晏幾道不敢相信，甚至害怕自己是在做夢，他拿起燭台靠近她的臉，心想一定要看個仔細，看個明白：

〈**鷓鴣天**〉

彩袖殷勤捧玉鍾。當年拚卻醉顏紅。舞低楊柳樓心月，歌盡桃花扇影風。

從別後，憶相逢。幾回魂夢與君同。今宵剩把銀釭照，猶恐相逢是夢中。

可是，晏幾道也知道，今晚的酒宴結束後，他們又要分別，而這次分別，恐怕一生都難以再相見，只有清冷的月光，陪伴自己孤單的背影，也陪伴自己孤單的心。

宋詞小帖

晏幾道除了有「四痴」，還有一痴！

除了前面說的「四痴」之外，晏幾道還有一痴——書痴。

晏幾道喜歡讀書，家裡的藏書也很多。可是他一生貧困，經常搬家，每次搬家，書就成了一個大問題。他的夫人很厭煩，說：「你這些書就像乞丐的漆碗一樣，你還當作寶貝！」面對妻子的抱怨，晏幾道心中不快，他寫了一首詩〈戲作寄內〉：「願君同此器，珍重到霜毛。」意思是說自己一生貧寒，唯一的財富就是這些書，怎麼能不珍重呢？看來，晏幾道除了前面說的「四痴」以外，還應該加上一痴——愛書成痴。

「三光大臣」范仲淹因耿直被貶，飽受思鄉之苦的他是否後悔過？

——芳草無情，更在斜陽外

今天要給大家講的是北宋一位著名政治家、文學家的故事，他有一個外號，叫「三光大臣」。這裡的「三光」可不是抗戰時期日本採行的戰略「三光政策」，這裡的「光」意思是光榮。那麼，究竟是誰被別人讚譽為「三光大臣」呢？他就是北宋的名臣范仲淹。

范仲淹小時候遭遇很悲慘。他的父親在他兩歲的時候就去世了。母親謝氏孤苦無依，只好帶著年幼的范仲淹改嫁到一戶姓朱的人家，范仲淹也改名叫朱說。朱家家境很富裕，因此范仲淹能夠受教育。但是為了勵志，朱說二十一歲就到附近的醴泉寺讀書，生活極其艱苦。每天他只煮一鍋粥，涼了之後劃成四塊，早晚各吃兩塊，拌上一點韭菜和鹽，就是一頓飯。後來他獨自前往南京（即今日的河南商丘）讀書。

在南京期間，朱說仍然晝夜苦讀，由於經濟拮据，不得不靠喝粥度日，甚至有時候連粥都不一定有。他的一位同學知道之後，告訴自己的父親，於是給朱說送來許多飯菜，可是他一點都不碰，直到飯菜放到壞掉。問及原因，他說：「我很感激你的厚意，但是如果現在就習慣了豐盛的食物，以後就喝不下粥了。」朱說學習非常努力，晚上讀書疲乏了，就用涼水澆臉，然後繼續苦讀。

大中祥符七年（公元一〇一四年），宋真宗率領百官到亳州朝拜太清宮，路過南京，全城萬人空巷，競相爭睹天子容顏，只有朱說閉門讀書。別人來叫他，他隨口說了句：「將來再見也不晚。」第二年，他果真中了進士，見到皇帝。

中進士之後，他被任命為廣德軍司理參軍，這是一個從九品的小官。一上任，他就把母親接來，贍養侍奉。兩年後，他調任集慶軍推官，這時候，他恢復了范姓，改名仲淹，字希文。

做官後的范仲淹不僅勤於政事，為民造福，而且剛正不阿，正直敢言，經常上書指正朝政的弊端。他的正直甚至影響了其他大臣，很多人也學著他紛紛給皇帝提意見。

有一年，京東和江淮一帶發生旱災，老百姓流離失所，范仲淹請求皇帝派使者賑災，可是皇帝不予理會，范仲淹直接說：「如果宮中一天不吃飯會怎麼樣？」皇帝頓時醒悟，馬上派范仲淹前往災區。

由於范仲淹經常給皇帝提意見，議論朝政，不僅惹得皇帝心裡不快，也得罪了很多小人，先後有三次被貶。但是公道自在人心，即使他被一貶再貶，聲望卻與日俱增。第一次被貶時，親朋們為他送行，說：「此行極光（非常光榮）。」第三次被貶還有人稱讚他說：「此行尤光。」范仲淹大笑說：「仲淹前後已是三光了。」於是，范仲淹就有了「三光大臣」的雅號。

雖然范仲淹剛直不阿，不畏權貴，更不把被貶當成一回事，但是話說回來，被貶官終究不是一件讓人愉快的事情。尤其是自己無辜被陷害，遠離家人，這更讓被貶的范仲淹增加了心裡的憂愁。

這一年秋天，他又踏上了被貶的路。秋天的天空總是顯得格外高遠，幾片白雲悠悠地飄在空中，秋風吹來，黃葉落了一地。江水倒映著一片秋景，碧綠的水面上籠罩著一層輕煙，那輕煙似乎也被染成了綠色。夕陽西下，水天一色，景色動人。但是范仲淹卻無心欣賞這美景，因為他還在前往貶所的途中，他要去的地方很遠很遠，遠在夕陽的餘暉之外。

離家千里之遙，每到月明的時候，思鄉之情就禁不住湧上范仲淹的心頭。他不知道家人現在如何，也不知道自己什麼時候能夠和他們再見，無奈的時候，他只好早早入睡，希望在夢裡能夠回到家鄉，見到日思夜想的家人。他不敢登樓望月，更不敢藉酒澆愁，因為酒入愁腸，思鄉的淚水就禁不住奪眶而出，無法抑制。於是，范仲淹回到書房，鋪紙提筆，寫下了這首傳誦千古的〈蘇幕遮．懷舊〉：

〈蘇幕遮 懷舊〉

碧雲天，黃葉地。秋色連波，波上寒煙翠。山映斜陽天接水。芳草無情，更在斜陽外。
黯鄉魂，追旅思。夜夜除非，好夢留人睡。明月樓高休獨倚。酒入愁腸，化作相思淚。

因為為人正直，敢提意見，范仲淹付出了很大的代價，但是他並不後悔，更不會改變初衷，不管遭遇多少艱難，他都堅持自己的原則，做一個正直的人、一個善良的人。

宋詞小帖

崔鶯鶯「山寨」了范仲淹的詞？

范仲淹的這首〈蘇幕遮．懷舊〉描寫自己被貶的痛苦，但同時也描寫了秋天的美景。尤其是前兩句為後人所稱道。元朝的大劇作家王實甫創作《西廂記》時，就化用了范仲淹這首詞中的兩句。

《西廂記》描寫的是進京趕考的書生張君瑞路過大相國寺時，與伴隨母親來寺燒香的官宦小姐崔鶯鶯相愛的故事。在故事裡，相國夫人知道兩人相愛之後，先是阻止，後來看阻止不成，就提出條件，要張君瑞先進京趕考，考中進士之後才能回來迎娶崔鶯鶯。無奈之下，張君瑞只好與小姐在長亭告別。臨別時，崔鶯鶯滿懷淒愴地唱道：

碧雲天，黃花地。西風緊，北雁南飛。曉來誰染霜林醉？總是離人淚！

當然，這並不是崔鶯鶯（或者王實甫）「山寨」了范仲淹的詞，而是借用古人的名句來表達此時自己的心情，這種方式也是在向古人致敬。

北宋國防靠著「小范老子」得到怎樣的成果？

——羌管悠悠霜滿地。人不寐。將軍白髮征夫淚

前面說過，范仲淹被人稱作「三光大臣」，但是你知道嗎？他還有一個外號叫「小范老子」，這是怎麼回事呢？

北宋剛建立的時候，宋太祖趙匡胤認為五代動亂的根源就是武將勢力太大，他們憑著武力為非作歹，甚至危害國家，殺害皇帝，鬧得天下大亂。所以他一登基，就極力削弱武將的權力，提高文官的地位。這造成整個宋代都不重視國防，在對外族的戰爭中總是處於下風。

十一世紀，在今天的甘肅、寧夏一帶，出現了一個由党項族建立的政權，自稱大夏國，歷史稱為西夏。西夏與北宋展開了連年的戰爭，由於北宋不重視國防，幾乎每戰必敗。後來，范仲淹被派往西夏前線，主管對西夏的戰事。

范仲淹到任之後驚奇地發現，宋軍很多騎兵竟然不會披甲上馬，射手們射出的箭竟然就落在一二十步開外。這樣的軍隊，這樣的訓練水平，怎麼能跟敵人打仗？面對西夏的崛起和宋朝軍事的衰朽，范仲淹認為應該先固守邊關，堅壁清野，使敵軍無隙可乘，於是他修固邊城，精煉士卒、招撫部屬。但是好大喜功的大臣們卻還高喊著主動出擊。慶曆元年（公元一〇四一年），宋軍進攻西夏，好水川和定川寨的兩次戰役，損失一萬餘人。節節失利之下，宋仁宗被迫放棄了主動出擊的戰略，而採用范仲淹固守邊隘的主張。

范仲淹將延州建設成西北邊境堅不可摧的堡壘，西夏人把他稱為「小范老子」，以區別於以前頻頻喪師失地的范雍，還說「小范老子胸中自有百萬雄兵」。因此，范仲淹就有這樣一個「小范老子」的外號。

但是，戍邊衛國卻是艱難而辛苦的。

邊塞氣候寒冷，到了秋天，風景就與內地大不相同。古人認為，大雁最南飛到今天湖南的衡陽，此時，牠們對北方的風景沒有一絲留戀，紛紛飛往衡陽過冬，只留下必須戍守邊關的將士們。軍情依然嚴峻，荒涼的戈壁上，風呼呼地颳著，軍營的號角聲隨之響起與之相和，號角聲裡，層巒疊嶂之下，那座清冷的孤城也早早地關上城門。

城裡的士兵們為了驅寒，倒了濁酒對飲，一端起酒杯，就想起萬里之外的家鄉。每個人都在想家，可是還沒有打敗敵人，還沒有建立古人在燕然山刻石記功的功勛，哪有什麼臉面回到家鄉呢？月亮升起來了，照得戈壁一片雪白，如蓋上一層白霜，不知道是誰吹起了羌笛，是不是也在埋怨春風永遠不會吹過這孤零零的古城，吹過這些思鄉的將士？幽怨的羌笛聲中，不論是已經頭髮斑白的將軍還是年紀尚小的士兵，都悄悄流下了兩行清淚。

〈漁家傲 秋思〉

塞下秋來風景異。衡陽雁去無留意。四面邊聲連角起。千嶂裡。長煙落日孤城閉。
濁酒一杯家萬里。燕然未勒歸無計。羌管悠悠霜滿地。人不寐。將軍白髮征夫淚。

宋詞小帖

范仲淹爲什麼要寫〈岳陽樓記〉？

范仲淹戍守西北邊防，抵禦西夏的進攻，後來邊境局勢有所緩和，范仲淹便被調回京城，擔任副宰相。為了去除朝廷的一些弊端，范仲淹進行了改革，這次改革被稱為「慶曆新政」，但是由於改革損害到一些權貴的利益，慶曆新政最終失敗，范仲淹再次被貶。

第二年，范仲淹的朋友滕子京被貶到湖南岳陽，他上任之後重新整修了岳陽樓，邀請范仲淹寫一篇文章，於是從沒去過岳陽樓的范仲淹便寫了〈岳陽樓記〉。在這篇文章裡，范仲淹憑著想像描寫了岳陽樓和洞庭湖的景色，更重要的是，他藉這篇文章說出自己的人生理念，這也成為此後無數文人崇尚的觀念：「先天下之憂而憂，後天下之樂而樂。」而〈岳陽樓記〉也成為古文中的名篇，直到現在還是國文課本中的重點課文之一。

詩詞中的傳統節慶

清明節

——清明時節雨紛紛，路上行人欲斷魂。

清明原來只是個節氣，它成為一個節日，其實與另一個歷史悠久的節日有關，這個節日就是寒食節。

寒食節據說來源於春秋時期介子推的故事。

春秋時期，晉國大亂，諸子爭位，公子重耳帶著一些手下被迫出逃。一次，走到一個地方，重耳又累又餓，他的手下介子推看到後，悄悄地從自己大腿上割下一塊肉讓重耳吃，使他恢復了精力。十九年後，重耳在秦國的幫助下奪回王位，這就是晉文公。晉文公對當初跟隨自

已逃亡的大臣都進行厚賞，卻忘記了介子推。經人提醒後，晉文公十分慚愧，可是這時候介子推已經回鄉，與母親在綿山隱居。晉文公帶著手下來到綿山，喊話讓介子推出來，卻沒有回音。有手下獻計說不如放火燒山，這樣介子推一定會出來的。晉文公同意了。大火燒遍整座山，仍然沒有見到介子推走出來。火滅後，人們在一棵燒焦的樹下發現了介子推和他母親的屍體。

晉文公懊悔不已，為了紀念介子推，下令這一天國內所有人都不能舉火，只能吃冷食，並且在這一天祭奠祖先，這就是寒食節的由來。漢代的時候則規定，寒食節百姓家不能舉火，到傍晚的時候，才由皇宮裡派人把新火送到達官貴人家中。唐代韓翃的詩〈寒食〉描寫的就是這樣的景象：

〈寒食〉

春城無處不飛花，
寒食東風御柳斜。
日暮漢宮傳蠟燭，
輕煙散入五侯家。

清明在寒食節後一天，在宋、元的時候，它逐漸取代了寒食節的地位，成為歷史上最重要的傳統節日之一。關於清明流傳至今最著名的詩詞，應該是杜牧這首：

〈清明〉

清明時節雨紛紛，
路上行人欲斷魂。
借問酒家何處有，
牧童遙指杏花村。

清明習俗除了祭拜掃墓之外，還有一個就是郊外踏青。宋代的歐陽修就描寫了清明時節人們爭相外出踏青的情景。

〈採桑子〉

清明上巳西湖好，滿目繁華。爭道誰家。綠柳朱輪走鈿車。
遊人日暮相將去，醒醉喧譁。路轉堤斜。直到城頭總是花。

今天，清明節已經成為法定節日，這個節日表現的是人們敬重祖先、不忘所自的思想，也表現了人們對傳統的尊重，對文化的傳承。

砸缸救人的一代名臣司馬光，他的詞透露對人生怎樣的想望？

——落花寂寂水潺潺，重尋此路難

說起司馬光，很多人都會想起他小時候砸缸的故事。

據說司馬光七歲的時候跟小朋友們一起玩，一個小朋友不小心掉進一口裝滿水的大缸，缸裡的水太深，眼看他就要被淹死了，其他小朋友都被嚇得無計可施，只有司馬光沉著冷靜，他搬起一塊大石頭，「砰」的一聲，把大缸砸出個洞，水瞬間流了出來，小朋友也得救了。司馬光也由此名聲大噪，這個故事至今都廣為流傳。

從這個故事看出，司馬光的確是個足智多謀而且做事果斷的人。關於他還有一個故事：據說他十二歲的時候，跟著父親到四川廣元上任，走在棧道上的時候，路中間有一條盤著的巨蟒擋住了去路。其他人都驚慌失措，只有司馬光不慌不忙，只見他拿著寶劍一劍刺在巨蟒

的尾巴上，巨蟒疼痛難忍，到處翻滾，結果自己從高高的懸崖摔下去了。

司馬光最大的功績當然不是砸缸，也不是刺蟒。他是北宋著名的文學家、政治家、史學家，曾經擔任過宋朝的宰相。他在文學和史學上最大的成就是主編了《資治通鑑》，這本書上起周威烈王二十三年（公元前四〇三年），下至五代周世宗顯德六年（公元九五九年），涵蓋了十六朝一三六二年的歷史，共二百九十四卷，歷時十九年才完成。這部書的目的是「鑑於往事，有資於治道」，意思是給皇帝和大臣提供治理天下的參考資料，所以被稱為「資治通鑑」，這也是歷史上最大的一部編年體史書，它和司馬遷的《史記》被後人並稱為「史學雙璧」。

司馬光十分重視道德修養，據說他小時候有一次開玩笑騙了姐姐，結果被父親嚴厲責罵，從此他就牢記父親教誨，老老實實做人。他晚年的時候家庭經濟拮据，於是他讓僕人到集市賣掉自己的一匹老馬，僕人出發前他還反覆叮囑僕人：「這匹馬曾經患過肺病，你賣的時候一定要老實告訴別人。」一般人賣東西都把貨物誇得跟花一樣，而司馬光卻如此誠實，連他的手下都笑他迂腐。

而就是這樣一個大文學家、史學家，曾經當過宰相的大人物司馬光也會寫詞，可見宋代詞之流行。那麼司馬光寫的詞究竟是什麼樣的呢？

司馬光流傳至今的詞不多，他曾經寫過一首〈阮郎歸〉，說起這個詞牌，還有一個有趣的故事呢。

傳說古代有兩個人，一個叫劉晨，一個叫阮肇，他們一起去天台山採藥，在山裡迷路了，又累又餓，遠遠看見山上有棵桃樹，於是爬上去摘了幾顆桃子吃，之後又看見一條溪水，他們緣溪而行，在溪邊遇到兩位美女，美女跟他們就像舊相識一樣，讓兩人跟著她們回家，他們天天宴飲奏樂，十分快樂。半年後，兩個人很想家，不顧女子的勸阻，堅持要回家，女子挽留不住，只好送他們走，給他們指點了回家的道路。他們回鄉之後，發現村鎮模樣大變，以前的村子已經凋零敗落，詢問別人，才知道他們在山裡住了半年，而山下竟然過了十代。後來，劉晨再次在山下娶妻生子，而阮肇則看破紅塵，進山修道去。後人根據這個故事，就創作出詞牌〈阮郎歸〉。

〈阮郎歸〉

漁舟容易入深山，仙家日月閒。綺窗紗幌映朱顏，相逢醉夢間。

松露冷，海霞殷，匆匆整棹還。落花寂寂水潺潺，重尋此路難。

這首詞詞牌是〈阮郎歸〉，從內容上，詠歎的也是阮肇、劉晨的事情，只不過把兩人的身分由採藥人換成漁夫。不知道是不是也有桃花源的傳說在裡面，才會變成那個發現祕密的人是漁夫。這個詞牌表現出作者對世外桃源的嚮往，也隱隱流露出歸隱的想法。

上闋寫漁人駕著小船，偶然之中進入深山，遇到了神仙。神仙沒有世事的煩擾，沒有生計的逼迫，悠閒自得，讓人羨慕。仙女們住在非常漂亮的房子裡，有雕花的窗子和輕紗的幔帳，誤入仙境的兩個人跟她們一起整天飲酒、奏樂、唱歌，不亦樂乎。

下闋寫兩個人終究還是想家了，於是匆匆整理小船想回去。仙女們極力挽留，但是他們不為所動。春天將過，落花漂浮在溪水上，送他們回到原來的世界。可是他們怎麼知道，以後想再回到那個仙境，卻很難找到上次走過的路了。

司馬光的一首詞被認爲不是他的作品，是別人「栽贓」的，爲什麼？

〈西江月〉

寶髻鬆鬆挽就，鉛華淡淡妝成。青煙翠霧罩輕盈。飛絮游絲無定。

相見爭如不見，多情何似無情。笙歌散後酒初醒。深院月斜人靜。

古代文人強調文章要具有道德意義，特別是大官，更覺得成天跟美女、歌姬混在一起是一種恥辱。而詞又稱為「曲子詞」，本來就是宴飲的時候助興所作，很多內容就是關於歌姬、美女的。司馬光是一代名臣，很多人相信他品德非常高尚，斷然不會作這種「趣味低下」的詞，所以後代很多人認為這首詞不是司馬光作的，而是嫉妒他的人作了故意「栽贓」給他。當然，這首詞到底是不是司馬光的作品已經無從考證，也許只有他自己才知道吧。

外號「拗相公」的王安石寫下怎樣的詞對大宋做出示警？

——至今商女，時時猶唱，後庭遺曲

前面我們講過，司馬光不僅會砸缸，而且還會寫詞，更會編史書，還當過宰相。不過，司馬光的脾氣很倔強，一旦自己認定的事情，九頭牛都拉不回來，因此經常跟其他大臣產生矛盾。比如蘇軾就經常跟他爭吵，蘇軾還給他取了個外號叫「司馬牛」，意思是司馬光倔起來連牛都比不上。

不過司馬光還不算是最倔強的，在北宋，還有一個名人，他同樣也當過宰相，在政治上跟司馬光是死敵，而他也是一個非常倔強的人，蘇軾給他起了個外號叫「拗相公」。

這個人是誰呢？他就是北宋名臣，被列寧稱為「中國十一世紀的改革家」的王安石。

我們現在談起王安石，都會想到王安石變法。這是北宋時期一次非常著名的改革運動。

北宋中期，人口大量增加，官員也大量增加，社會負擔越來越重，百姓生活越來越艱難。同時由於北宋執行重文輕武的政策，軍事力量很薄弱，所以在跟遼國和西夏的戰爭中，北宋長期處於劣勢，經常打敗仗。為了改變這種情況，王安石主張實行改革。這次改革從宋神宗熙寧二年（公元一〇六九年）開始，到元豐八年（公元一〇八五年）宋神宗去世結束，所以也被稱為「熙寧變法」。

由於王安石的變法損害到一些有權有勢的人的利益，在變法中操作不當，也對很多百姓造成了損害，所以在支持變法的宋神宗去世之後，王安石被撤銷了宰相職務，而反對變法的司馬光當上宰相，就把所有新法都廢除了。新法廢除的消息傳來時，王安石正閒居在江寧（現在的南京）。知道這個消息之後，他十分悲傷，不久就在憂憤中去世。

王安石晚年居住的南京，是六朝古都之一，早在春秋末年，吳王夫差就在這裡築城，三國時期，孫權也在這裡建都，南北朝的時候，東晉、宋、齊、梁、陳都在這裡建都。南京地處江南水鄉，向來物產豐富，人民富庶，因此這些建都於此的王朝都曾經繁盛一時。可是，曾經那麼繁盛的朝代卻非常迅速地敗落了。

一日秋天的傍晚，王安石登上南京的一座高樓，秋高氣爽，極目遠望：多美的一片河山啊！此時已是晚秋，天氣開始轉涼，秦淮河蜿蜒曲折，像一條白色的絲絹，伸展到看不到的遠處。河岸邊的青山蒼翠欲滴，簇擁在一起，倒影映在水中，美不勝收。河上的帆船鼓足了風帆，飛快地游弋，岸邊西風中，樹林掩映著酒店的幌子，像是在招攬客人。到晚上的時候，滿天的繁星倒映在水中，秦淮河變成天上的銀河，五彩斑斕的船帆更增添了河上的美麗，偶爾岸邊的白鷺受到驚嚇，一群群騰空而起，在星輝斑斕裡展翅翱翔，這樣的美景，即便是最好的畫家也畫不出來啊！

可是王安石轉念一想，難道以前曾經在這裡建都的那些王朝就沒有這樣的景象嗎？江南自古富庶，那些王朝哪個不是沉醉在這富裕和美景中，醉生夢死而不能自拔呢？他想起南朝陳朝最後一個皇帝陳後主，他不理國事，寵幸愛妃張麗華，整天忙著宴飲奏樂唱歌，他還作了一首曲子〈玉樹後庭花〉，讓張麗華親自演唱、奏樂。甚至當隋朝的大將韓擒虎已經率軍打到城門外的時候，他還和張麗華一起在樓上尋歡作樂，後人還編了一句順口溜嘲笑他：「門外韓擒虎，樓頭張麗華。」一個個新朝代就這樣飛快地建立起來，然後迅速沉迷於鶯歌燕舞之中，然後又很快滅亡，眼看他起高樓，眼看他宴賓客，眼看他樓塌了。而每一個朝代的興起和滅亡，其中又包含多少悲痛和淒涼？後人登高遠望，想起這些曾經的榮光和恥辱，也只能發出長長的嘆息而已。可是，如果不吸取前人的教訓，後來的人肯定也會重蹈覆轍。王安石看到這一片美景，聯想到當時的社會：難道我們現在不也是和陳後主一樣，沉醉於這美麗的景色和富庶當中，忘記了潛在的危險嗎？難道我們現在的很多朝廷官員不也是這樣醉生夢死，把亡國之音〈玉樹後庭花〉當作娛樂消遣的曲子來欣賞嗎？想到這裡，王安石不寒而慄：我們的大宋王朝難道也會重蹈陳後主的覆轍，最後落得悲慘的結局嗎？

王安石心潮難平，於是寫下一首〈桂枝香〉：

〈桂枝香〉

登臨送目。正故國晚秋，天氣初肅。千里澄江似練。翠峰如簇。征帆去棹殘陽裡，背西風、酒旗斜矗。彩舟雲淡，星河鷺起，畫圖難足。

念往昔、繁華競逐，嘆門外樓頭，悲恨相續。千古憑高，對此謾嗟榮辱。六朝舊事隨流水，但寒煙、芳草凝綠。至今商女，時時猶唱，後庭遺曲。

可是，沒有人在意王安石的警告。一〇八五年，王安石變法失敗，第二年，王安石就在悲憤中去世了。他去世後四十一年，一一二六年，金兵攻陷北宋都城汴梁，俘虜了宋徽宗和宋欽宗，北宋滅亡。

從王安石的有趣故事，看出他的獨特性格。

據說王安石除了對學問和政事感興趣，什麼都不放在心上。據說有一次宋仁宗請大臣們吃飯，讓大臣們自己去御花園釣魚，不管釣上多少，都交給御廚去做。大臣們都很開心，興致勃勃地釣魚。只有王安石一個人坐在水邊不知道在想什麼，而且不停地把魚餌往嘴裡送，結果，別人的魚餌是給魚吃，他的魚餌全部自己吃了。

有一次一個大臣對王安石夫人說：「王大人似乎很喜歡吃兔肉。」夫人很驚訝：「我跟他一起生活這麼多年，都不知道他喜歡吃兔肉，你怎麼知道的？」那個人說：「前幾天我們一起吃飯，我看見王大人只夾桌上的兔肉。」夫人思考了一下說：「那盤兔肉是不是正好放在大人面前？」那人回答是。夫人說：「下次吃飯，你們把別的菜放在他面前，他一定也只夾那盤菜。」那人照做，果然王安石只夾自己面前的菜。

王安石從政多年，只有一個妻子，沒有納妾，也沒有什麼緋聞。但是當時這樣的高官要是沒有三妻四妾，別人就會覺得他的夫人嫉妒心強，所以夫人很著急，跟王安石說了幾次納妾的事，王安石都不理。後來夫人自己做主，找到一個女子送到王安石房中。王安石很吃驚，就追問女子來歷，女子說，她是一個軍官的妻子，因為丈夫弄丟了公糧，不得已把自己賣了還債。王安石知道之後，不僅沒有納這個妾，還把女子送還給她丈夫，並且免了他們欠的債。

科考落榜寫詞發牢騷 卻惹惱皇帝的是誰？

——忍把浮名，換了淺斟低唱

古代的讀書人一生最大的夢想就是參加科舉考試，金榜題名，衣錦還鄉，光宗耀祖。但是唐宋時期的科舉是很難考的，尤其是其中的進士科難度最大。當時有句話叫「五十少進士」，意思是指五十歲能考上進士都算年輕。所以古代像孔乙己那樣考了一輩子兩手空空的讀書人有很多，也可以理解《儒林外史》裡范進為什麼中了舉人就激動得精神失常。因此，古人參加科舉考試落榜實在是太平常的事情，很多名家都曾有過落榜經歷，比如王維、杜甫、孟郊等。大多數人都遭遇過落榜，特別是前一、兩次落榜，都是比較淡定的，雖然黯然退場，但是準備下次再來。可是北宋的時候有一個人落榜了，卻很不淡定，竟然寫了一首詞來發牢騷，這首詞後來惹惱皇帝，讓他的仕途充滿坎坷。

這個人就是柳永。柳永原來不叫這個名字，而叫柳三變。他出身於官宦書香世家，他的父親和兩個哥哥都是進士出身，柳永從小也接受很好的教育，聰明穎悟。有過人的智商和父兄的榜樣，柳三變相信自己要考中進士是很容易的事情，因此對未來充滿自信。誰知道他竟然落榜了！大受打擊的柳永悶悶不樂，和大多數詩人、詞人一樣，他用詞來發牢騷，表達心中的不平，誰知道，這首詞卻給他帶來更多的失敗。這首詞就是〈鶴沖天〉：

〈鶴沖天〉

黃金榜上。偶失龍頭望。明代暫遺賢，如何向。未遂風雲便，爭不恣狂蕩。何須論得喪。才子詞人，自是白衣卿相。

煙花巷陌，依約丹青屏障。幸有意中人，堪尋訪。且恁偎紅翠，風流事、平生暢。青春都一餉。忍把浮名，換了淺斟低唱。

這首詞寫得十分有意思。明明是自己連考都沒考上，但是柳永不願意承認，說自己「很偶然」地沒能考中狀元，彷彿自己考中了榜眼、探花似的。更有意思的是，他落榜了，不是替自己前途憂慮，而是替大宋王朝憂慮：哎呀呀，我們偉大的大宋竟然失去像我這樣一個偉大的人才，這可怎麼辦呀……其實這些話都是煮熟的鴨子——嘴硬。柳三變當然知道自己落榜了，所以前面不過是自嘲的同時給自己打氣而已。古往今來，無數的文人都在科舉考試中嘗到過失敗的滋味，柳三變並不是第一個，也不是最後一個。但是他失敗之後選擇的道路和所說的話卻跟別人太不一樣。

以前的人落榜之後，大多回到家鄉，一邊種地一邊讀書，期待下次再來。如果實在對科舉失去信心，還可以到山裡當個隱士，也能獲得別人的尊重。可是柳三變卻不一樣，他落榜之後，就成天跟歌女們混在一起，流連於勾欄瓦肆、煙花柳巷，這在大多數讀書人眼裡是非常不成體統的。他為自己辯護說：我反正沒考上，怎麼不能讓我放縱一下呢？甚至他還說中進士、當官這些都是「浮名」，還不如在酒店裡聽歌、喝酒來得自在逍遙。

當然，柳三變並不是說自己以後就不參加科舉考試了，這首詞只不過是他一時鬱悶發發牢騷而已。可是他不知道，自己這樣口無遮攔發的牢騷，竟然惹火了皇帝。後來，有一次他又參加科舉考試，他的卷子已經通過主考官的審核，進入最後一個環節——皇帝親自批閱。當時的皇帝宋仁宗一看到柳三變的卷子，眉頭就皺了起來：「這個人不是說喜歡『淺斟低唱』嗎？還要進士這種『浮名』幹什麼？乾脆還是回去填詞吧！」於是大筆一揮，將柳三變的名字刪去——他又落榜了。

落榜後的柳三變仍然沒有收斂自己狂放嘴硬的性格，從此他宣稱自己是「奉旨填詞柳三變」，繼續混跡於歌姬堆裡，讓那些看不慣他的人哭笑不得。但是，他的詞卻是當時傳播最廣的，據說「有井水處即能歌柳詞」，說他是北宋當紅的首席詞曲作家，一點也不誇張。

宋詞小帖

柳永的名聲讓蘇軾都敬重！

柳永長期流連於花街柳巷，成天跟歌妓們混在一起，他的作品流傳很廣，當時有句話：「有井水處即能歌柳詞。」這句話非常形象地說明了他的詞傳播之廣。也有很多人認為柳永的詞太俗，不能登大雅之堂，持這種觀點的一般是士大夫。據說有一次，汴京的一個酒店裡，幾個讀書人一邊喝酒一邊指責柳永的詞寫得太俗，格調太低。鄰桌的一個宦官聽了很久，終於忍不住，拿著紙筆跪在他們面前說：「各位大人認為柳永的詞低俗，何不親自寫幾首不低俗的與他比較一下？」幾個高談闊論的讀書人都啞口無言，誰也不敢接過紙筆。大文豪蘇軾對柳永評價就很高，他說，有些人說柳永的詞俗，但是柳永的一些句子，如「關河冷落，殘照當樓」，是不亞於唐代大詩人的詩句。

宋詞中描寫城市最著名的是哪一首？背後有怎樣的故事？

——有三秋桂子，十里荷花

傳統文學中描寫景物的古詩詞主要是山水詩和田園詩，山水詩的開創者是南朝的謝靈運，田園詩的開創者是東晉的陶淵明，此後，不管是詩人還是詞人，都創作了大量描寫山水田園的美麗詩篇。但是，古詩詞中描寫城市繁華的卻很少。而在描寫城市的詩詞中，最著名的就是柳永的〈望海潮〉，關於這首詞，背後還有一個有趣故事呢！

柳永參加科舉考試落榜之後，雖然硬著頭皮自稱「奉旨填詞」，但是內心還是沒有完全放棄對仕途的期望。因此他到處拜訪權貴，希望能夠得到賞識，甚至被推薦。可是一個連皇帝都不喜歡的人，哪個官員敢賞識他呢？因此，柳永更多的時候不過是碰一鼻子灰。他居住在杭州的時候，聽說了一個消息，他以前的布衣之交孫何現在已經做了大官，擔任兩浙轉運

使，將要來杭州。柳永感到自己的機會來了。他想，如果能拜訪孫何，說不定孫何能給自己一個東山再起的機會。可是孫何已經不是以前的小老百姓了，作為杭州的地方官，他的府邸可不是想進就能進的。柳永嘗試了多次，連孫何的面都沒有見到。無奈之下，他想到一個辦法。

柳永找到相熟的歌妓孫楚楚，對她說：「我很想見孫何大人，但是苦於沒有門路。我寫一首詞交給妳，在他府裡舉辦宴會的時候妳唱這首詞，如果他問作者是誰，妳就說是柳七。」（柳永在家族排行第七，所以也稱柳七）

過了幾天，孫何家裡大擺宴席，席間，孫何叫孫楚楚唱一支曲子，孫楚楚於是唱了柳永給她的新詞。孫何以前沒有聽過，於是問孫楚楚這首詞是何人所作，孫楚楚就按照柳永告訴她的說法告訴孫何，這是大人的布衣之交柳七的新作。這首詞就是柳永專門為這次宴會作的〈望海潮〉：

〈望海潮〉

東南形勝，三吳都會，錢塘自古繁華。煙柳畫橋，風簾翠幕，參差十萬人家。雲樹繞堤沙。怒濤卷霜雪，天塹無涯。市列珠璣，戶盈羅綺競豪奢。

重湖疊巘清嘉。有三秋桂子，十里荷花。羌管弄晴，菱歌泛夜，嬉嬉釣叟蓮娃。千騎擁高牙。
乘醉聽簫鼓，吟賞煙霞。異日圖將好景，歸去鳳池誇。

這首詞只有一百多字，卻把名城杭州的美麗風光與富庶的經濟描繪得有聲有色。

起句便渾厚不凡，詞人彷彿是站在雲層之上，俯瞰神州大地，在一片蒼茫雄偉的山河中，熠熠閃耀的就是這東南海濱的璀璨明珠。詞人動於九天之上，目光呼嘯著穿過厚厚的雲層，穿過陣陣的香風，落到地面。晨霧未散，柳色如煙，畫橋宛然，清風吹拂著居民綠色的簾幕，重重簾幕之後，就是享受著這昇平氣象的十萬人家。海堤上綠樹如雲，海堤邊驚濤如雪，站在堤上遙望天涯，怎能不回腸蕩氣，胸襟頓開？詞人從堤上收回目光，移到繁華的市井，市場上陳列著珍奇的珠寶，家家戶戶堆滿了綾羅綢緞，爭奇鬥艷，富足美滿。

「上有天堂，下有蘇杭。」杭州不僅是富庶的魚米之鄉，更是景色美麗的人間天堂。西湖倒映出翠綠的層巒疊嶂，更增景色之秀美；桂子飄香，荷花滿眼，讓人見之忘返。陽光下，有人在吹響羌笛，月色下，姑娘在低唱菱歌，垂釣的老人，弄蓮的孩子，黃髮垂髫，怡然自樂，不是桃源，卻比桃源更美，好一派歌舞昇平，好一個太平盛世！

作為干謁詞，詞人當然沒有忘記奉承這位曾經的好友、現在的貴人：威武的騎兵簇擁著此地的父母官，醉飲西湖，忘情於山水，這是何等的逍遙，何等的自在！杭州的一方勝景，當然與您的英明領導是分不開的，改天將此景繪成圖畫，上奏朝廷，皇帝怎麼能不心花怒放呢？

聽到老朋友專門創作一首詞來恭維自己，孫何心裡推估還是很高興的。他吩咐下人，把柳永請來一起共飲。然後呢？然後就沒有然後了。

柳永想得還是太簡單了，連皇帝都不喜歡他，即便是他的老朋友，又怎麼敢得罪皇帝而跟他交往呢？

關於這首詞還有一個傳說，據說金朝皇帝完顏亮看到這首詞之後，被詞中的「三秋桂子，十里荷花」吸引，於是下決心要征服南宋，將此美景據為己有，於是隔年以六十萬大軍南下攻宋。儼然柳永的這首詞成了外敵入侵的緣由，宋人謝處厚還寫了一首詩：「莫把杭州曲子謳，荷花十里桂三秋。豈知草木無情物，牽動長江萬里愁。」不過這種說法是十分可笑的，明明是南宋朝廷昏庸腐敗，無法抵抗外敵入侵，怎麼能把責任算在柳永身上呢？難道歌頌祖國的山川城市美景都變成了過錯？這樣說來，幾乎所有的詩人都成「賣國賊」了。

宋詞小帖

描述杭州的著名詩詞還有哪些呢？

杭州簡稱「杭」，是浙江省的行政中心，也是著名的文化古城，古今無數文人墨客寫詩填詞讚美杭州，其中著名的有以下幾首：

白居易〈憶江南〉（三首）

江南好，風景舊曾諳。日出江花紅勝火，春來江水綠如藍。能不憶江南？
江南憶，最憶是杭州。山寺月中尋桂子，郡亭枕上看潮頭。何日更重遊！
江南憶，其次憶吳宮。吳酒一杯春竹葉，吳娃雙舞醉芙蓉。早晚復相逢！

李白〈杭州送裴大澤赴廬州長史〉

西江天柱遠，東越海門深。去割慈親戀，行憂報國心。
好風吹落日，流水引長吟。五月披裘者，應知不取金。

林升〈題臨安邸〉

山外青山樓外樓，西湖歌舞幾時休！
暖風熏得遊人醉，直把杭州作汴州。

歐陽修〈採桑子〉

輕舟短棹西湖好，綠水逶迤。芳草長堤。隱隱笙歌處處隨。

無風水面琉璃滑，不覺船移，微動漣漪。驚起沙禽掠岸飛。

蘇軾〈卜算子 感舊〉

蜀客到江南，長憶吳山好。吳蜀風流自古同，歸去應須早。

還與去年人，共藉西湖草。莫惜尊前仔細看，應是容顏老。

蘇軾〈飲湖上，初晴後雨〉

水光瀲灩晴方好，山色空濛雨亦奇。

欲把西湖比西子，淡妝濃抹總相宜。

柳永爲何如此擅長寫離別的詞呢？

——多情自古傷離別。更那堪、冷落清秋

前面說過，柳永原名柳三變，這其實是家族命名的，他的兩個哥哥，一個叫柳三接，一個叫柳三復。他的這個名字給人一種很不靠譜的感覺——三變，不就是變來變去嗎？這怎麼讓人敢信任他呢？所以幾次落榜之後，柳三變就把自己的名字改為柳永。

可是，他喜歡流連花街柳巷的毛病一點都沒改，不僅如此，他在這方面的名氣還越來越大。當時的歌妓們都以能夠讓柳永為自己寫一首詞為榮。以至於歌妓界中流傳著一句話：

不願穿綾羅，願依柳七哥；不願君王召，願得柳七叫；
不願千黃金，願中柳七心；不願神仙見，願識柳七面。

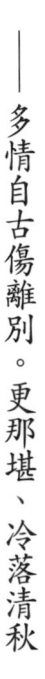

可以說，柳永算是北宋最紅的詞曲創作者了。如果他生活在現代，想必黃霑、方文山就沒什麼事好做了，可惜他生活在宋代，這種才能不但沒能使他飛黃騰達，反而讓他在仕途上一路坎坷。

多次科舉落榜之後，柳永終於考上了進士。可是，放榜之後，吏部卻遲遲不給他安排官職。憤憤不平的柳永就去找宰相晏殊。晏殊就問：

「賢俊喜歡填詞是嗎？」

晏宰相的話說得很含蓄，其實這話的意思是：你還好意思來問我，你自己想想你填的那些淫詞艷曲，叫我怎麼給你安排官職？

柳三變聽出晏殊話裡的指責之意，於是反唇相譏：

「我和大人一樣，都喜歡填詞。」

晏殊聽後冷冷地說：

「我雖然也填詞，卻不會作『綵線慵拈伴伊坐』這樣的淫詞豔曲。」

幾經周折之後，柳永終於得到一個睦州團練推官的小小職務，這是他做過最高的官了，不過是個屯田員外郎，從六品，是宋代京官中最低的官職。

但是，這一切都無法掩蓋他在宋詞上的光芒。他曾作過一首〈破陣樂〉，首句就是「露花倒影」，這句詞蘇軾極為欣賞，同時代的另一位詞人、蘇門四學士之一的秦觀寫過一首〈滿庭芳〉，首句是「山抹微雲」，於是蘇軾將兩人並稱：「山抹微雲秦學士，露花倒影柳屯田。」這也算是對柳永極大的肯定了。

可惜，蘇軾的肯定對柳永的困窘境況並沒有任何幫助，為了生計，柳永經常往來於杭州和汴梁之間，漂泊在外，備嘗艱辛，所以柳永寫了很多表現漂泊羈旅之苦的詞作。同時，每一次出發都意味著與好友的離別，因此，柳永的很多離別詞也成為經典，其中最有名的莫過於這首〈雨霖鈴〉：

〈雨霖鈴〉

寒蟬淒切。對長亭晚，驟雨初歇。都門帳飲無緒，留戀處、蘭舟催發。執手相看淚眼，竟無語凝噎。念去去、千里煙波，暮靄沉沉楚天闊。

多情自古傷離別。更那堪、冷落清秋節。今宵酒醒何處，楊柳岸、曉風殘月。此去經年，應是良辰、好景虛設。便縱有、千種風情，更與何人說。

在一個秋天的傍晚，蟬兒在樹上發出撕心裂肺的淒涼叫聲，長亭外，古道邊，柳永又要踏上為生計奔波的旅程，他的情人在城外設帳為他餞別。可是，滿腔的離愁別緒讓兩個人都無心飲酒。離別在即，兩人依依不捨，可是這時候又傳來船家催促出發的聲音。兩人緊握著雙手，心中有千言萬語，卻一句話也說不出來，眼裡含著淚，凝望著對方，期盼這一刻永遠不要過去。因為這一去便是千里之遙，天長水闊，不知道何時才能再相見。

柳永想起自己一生多情，最怕離別，卻總是遭遇離別，更何況是在這淒涼蕭瑟的秋天。他想，今晚喝了這麼多酒，酒醒的時候，大概船已經開得很遠了，身旁不再有情人溫暖的雙手和美麗的雙眼，只有岸邊的楊柳和拂曉的冷風，以及天邊的殘月。這一離去，估計很久才能回來，再美麗的風景，因為沒有喜歡的那個人在身邊，也是毫無意義的，因為即便有千種風情，也找不到人能訴說啊！

宋詞小帖

你知道〈雨霖鈴〉詞牌的由來嗎？

傳說唐代天寶年間，安史之亂爆發。唐玄宗倉促地帶著楊貴妃、楊國忠和一些近臣在御林軍的護衛下逃往成都。走到馬嵬坡的時候，御林軍發生譁變，殺死了楊國忠，並要求處死楊貴妃。無奈之下，玄宗只好命楊貴妃自盡。楊貴妃死後，隊伍繼續前進。走到蜀中棧道的時候，天上下起了雨，雨水打在玄宗座車的鈴鐺上，發出淒涼冷清的聲音。玄宗聽了之後更加悲傷，於是作了一首曲子，起名叫〈雨霖鈴〉，這便是這個詞牌的由來。

詩詞中的傳統節慶

端午節

——綠楊帶雨垂垂重。五色新絲纏角粽。

每年的農曆五月初五，也就是傳統節慶的端午節。提起端午節，你會想到什麼呢？吃粽子？賽龍舟？掛艾草、菖蒲？喝雄黃酒？那麼端午節的由來你知道嗎？又有哪些詩詞與端午節有關呢？

端午節起源於吳越地區，也就是現在的長江中下游以及以南的地區，當地的吳越部族崇拜龍圖騰，這個節日原本是他們舉行圖騰祭祀活動的節日。戰國末期屈原在這一天投江自殺，為了緬懷這位偉大的愛國詩人，後來人們就把端午節作為紀念他的節日。端午節已經有兩千

多年的歷史，在二〇〇九年九月，被「聯合國教科文組織」批准進入世界非物質文化遺產名錄，這是歷史上第一個被列入世界非物質文化遺產名錄的傳統節日。今天，不僅中國人過端午節，日本、南北韓、越南等國的人民也過端午節。

端午節的歷史如此悠久，那麼，關於端午節著名的詩詞有哪些呢？

唐肅宗乾元元年（七五八年），杜甫擔任左拾遺，這一年的端午節，皇帝下詔賞賜百官衣服，杜甫也得到賞賜，為此他寫了一首〈端午日賜衣〉，表達自己的興奮和感激之情：

〈端午日賜衣〉

宮衣亦有名，端午被恩榮。
細葛含風軟，香羅疊雪輕。
自天題處濕，當暑著來清。
意內稱長短，終身荷聖情。

端午節正值夏季，天氣潮濕炎熱，是皮膚病的高發期。古人經常在這一天用蘭草湯洗澡，去除汙垢，預防疾病，因此端午節也叫浴蘭節，歐陽修的一首詞就描寫了當時人們在端午節賞石榴花、吃粽子、沐浴、掛菖蒲、飲酒的習俗。

〈漁家傲〉

五月榴花妖艷烘。綠楊帶雨垂垂重。五色新絲纏角粽。金盤送。生綃畫扇盤雙鳳。
正是浴蘭時節動。菖蒲酒美清尊共。葉裡黃鸝時一弄。猶瞢忪。等閒驚破紗窗夢。

端午節時，古代的文人雅士大多會相約前往山林水濱，或者佛寺禪院遊覽，並舉行聚會。古代文人聚會的時候，經常會選擇幾個字作為韻腳，分給在座諸人，按照規定的韻律來寫詩。有一年端午節，蘇軾就和朋友們乘興出遊，遊遍了當地的所有禪寺，之後大家坐下來，各分到一個字作詩，蘇軾分到「禪」字，於是有了這首端午記遊的詩：

〈端午遍遊諸寺得禪字〉

肩輿任所適，遇勝輒流連。
焚香引幽步，酌茗開淨筵。
微雨止還作，小窗幽更妍。

盆山不見日，草木自蒼然。
忽登最高塔，眼界窮大千。
卞峰照城郭，震澤浮雲天。
深沉既可喜，曠蕩亦所便。
幽尋未雲畢，墟落生晚煙。
歸來記所歷，耿耿清不眠。
道人亦未寢，孤燈同夜禪。

講了這麼多關於端午節的歷史和詩詞，下次過端午節的時候，你能否講給朋友們聽，或者賦詩一首呢？

北宋最偉大的文壇盟主、超級伯樂是誰？

——小樓西角斷虹明。闌干倚處，待得月華生

北宋，尤其是宋仁宗時代，出現了很多文學大家，如王安石、歐陽修、司馬光、蘇軾、蘇洵、蘇轍、曾鞏等，人才之繁盛，世所罕見。而在這其中很多人才的湧現，都應歸功於一個人，他是誰呢？

人才每個時代都有，但不是每個時代的人才都能夠被發掘、發現，從而登上歷史舞台，顯露自己的才華。人才就像千里馬，需要伯樂的慧眼才能覺察，而唐代的韓愈就說過：「千里馬常有，而伯樂不常有。」所以，如果沒有伯樂，再好的千里馬也難免被當成劣馬來飼養，最後老死在磨盤邊。而宋代最偉大的伯樂是誰呢？

他就是這一篇要講的歐陽修。

歐陽修（公元一〇〇七年至一〇七二年），字永叔，號醉翁，又號六一居士。歐陽修四歲喪父，童年生活艱難。母親鄭氏含辛茹苦撫養兒子，家貧買不起筆墨，於是母親用蘆荻劃地，教歐陽修學習寫字。這個故事至今傳為佳話。一次，歐陽修在別人家偶然看到一本唐代文豪韓愈的文集，為之傾倒，發誓一生要超越韓愈。

宋仁宗天聖八年（公元一〇三〇年），二十三歲的歐陽修以甲科第一的成績考中進士，被任命為西京（洛陽）留守推官。與當時的著名文人尹洙、梅堯臣、蘇舜欽等人交遊，從此文章聞名天下。

之後，歐陽修歷任館閣校勘、右正言、龍圖閣學士等職，在他擔任館閣校勘時，范仲淹被貶，歐陽修極力為之申辯，當時的諫官高若訥認為應該貶黜范仲淹，急公好義的歐陽修竟不顧大臣禮節，寫信痛罵高若訥，信中說到：「范仲淹為人剛正，通古博今，在位的大臣無人能與他相比。他無罪卻被驅逐，而您作為諫官不能分辨忠奸，還有臉見士大夫，出入於朝廷，你簡直不知道人間還有羞恥二字！」（《宋史．高若訥傳》：「仲淹剛正，通古今，班行中無比。以非辜逐，君為諫官不能辨，猶以面目見士大夫，出入朝廷，是不復知人間有羞恥事耶！」）惱羞成怒的高若訥向皇帝告狀，把歐陽修的信交給皇帝，於是歐陽修也被貶為夷陵令。

後來，范仲淹擔任陝西經略、安撫、招討副使，念及歐陽修對自己的救護，於是想請歐陽修擔任自己的掌書記，歐陽修笑道：「以前我的行為，難道是為了一己私利嗎？我跟大人可以同退，但是不想跟大人同進。」慶曆三年（公元一〇四三年），歐陽修又擔任諫官，仍然無所顧忌，直言敢諫，很多大臣視他為仇敵，皇帝卻對歐陽修十分讚歎。當時諫官是七品官職，皇帝特地下詔賜歐陽修五品官服以示褒獎，還對別人說：「像歐陽修這樣的人，到哪裡去找啊！」

歐陽修聲名之盛，連外族對之都十分景仰。歐陽修出使契丹時，契丹國主請他赴宴，並命令四個顯貴的人陪同歐陽修，國主對歐陽修說：「這種待遇是不符合禮制的，因為您的名位崇高，所以才這樣對待。」

由此可見，歐陽修是一個極有正義感、嫉惡如仇的人。不過，在文學上，他更是一個愛才如命、獎勵後進的文壇前輩。

嘉祐二年（公元一〇五七年），歐陽修擔任當年科舉考試的主考官，就在這一年，來自四川眉山的蘇洵帶著兩個兒子來到汴京參加科舉考試，蘇氏三父子很快引起了歐陽修的注意，他對蘇洵的文才讚不絕口，更對蘇軾和蘇轍的才華欣賞有加。在他的主持下，蘇軾和蘇轍兄弟都高中進士，從此，三蘇便登上了歷史舞台。

歐陽修的愛才惜才，直接的結果是造就當時北宋文壇的興盛。很多人都知道，唐宋散文八大家，唐代占了兩個（韓愈、柳宗元），宋代占了六個。但是很少有人意識到，宋代的六個名家中，除了王安石之外，其餘五個都是歐陽修團隊的成員（歐陽修本人及其學生，因三蘇和曾鞏都算是歐陽修的學生）！這間接也得出一個結論：歐陽修不僅是當時最好的文學家，更是一個善於發掘人才、獎勵後進的文壇導師，「北宋的文壇盟主」這個名號，歐陽修更是當之無愧。

宋詞小帖

歐陽修發掘三蘇的才華，在當時卻引起軒然大波，究竟是怎麼一回事？

當時北宋的文學界流行一種文風，他們的文章以引經據典為時尚，以佶屈聱牙為高明，故弄玄虛，自我標榜，叫「太學體」，其主要特徵是故作高深。歐陽修對太學體的艱澀很不以為然。因此，在他主持的嘉祐二年（公元一〇五七年）的這次科舉考試中，凡是寫太學體文章的士人都被他判為不合格而落第。這些士子大多是太學推選上來的優等生，消息傳出，一片譁然，落第的士子們守候在歐陽修上朝的路上圍攻歐陽修，連巡邏兵都無法制止。有人甚至寫了一篇〈祭歐陽修文〉投至歐陽修家，詛咒他早死。這次事件雖然給歐陽修帶來了一場風波，但是自此以後，北宋的文風也逐漸被扭轉過來。

爲什麼歐陽修的一些詞作被後人認爲不是他的創作？

——笑問雙鴛鴦字、怎生書

在宋代，填詞是十分流行的風尚，上至皇親國戚，下至平民百姓，很多人都喜歡填詞，歐陽修當然也不例外。歐陽修流傳於世的詞有數十首，題材廣泛。但是有後人卻說，歐陽修那些粗鄙猥褻的詞格調太低，不可能是歐陽修所作，一定是仇家寫來栽贓陷害歐陽修。這種說法出發點也許是好的，但是他們可能並不十分瞭解宋代的民俗，更不瞭解歐陽修的個性。

歐陽修在任西京留守推官時，跟一個歌妓感情深厚。有些下屬認為歐陽修「有才無行」。經常向他的上司西京留守錢惟演打小報告，但是錢惟演十分惜才，從來不以為意。一天，錢惟演大宴賓客，歐陽修和那個歌妓遲遲不來。過了很久，兩人才到，在座位上還眉目傳情。錢惟演責問歌妓為何遲到，歌妓說：「天氣炎熱，我在涼堂睡著，醒來發現金釵不見了，歐

陽推官幫我尋找，所以遲到了。」錢惟演也不過分責怪，說：「妳如果能讓歐陽推官寫一首詞，我便不追究妳遲來之過，還可以補償妳的金釵。」歐陽修即席填詞一首：

〈臨江仙〉

柳外輕雷池上雨，雨聲滴碎荷聲。小樓西角斷虹明。闌干倚處，待得月華生。
燕子飛來窺畫棟，玉鈎垂下簾旌。涼波不動簟紋平。水精雙枕，旁有墮釵橫。

在座無不稱善，錢惟演也令公庫補償了歌妓的金釵。

需要注意的是，與歐陽修繾綣纏綿的是官妓。宋代歌妓有三類：官妓、家妓和私妓。官妓又叫營妓，為官府豢養，主要供官員娛樂時遣用；家妓是士大夫家養的歌妓，除了唱詞佐飲之外，有的兼做主人的侍妾婢女；私妓以賣藝為生，兼賣身。宋代明確規定：官員不得與官妓發生關係，違者雙方均會受到重處。仁宗時觸犯此規定而被貶的官員屢有其人。例如一個叫蔣堂的官員就因為與官妓有私情而被貶為河中府；祖無擇擔任杭州知府的時候，有人說他與官妓薛希濤私通，王安石負責審理此案，結果薛希濤被拷打致死，也沒有承認她與祖無擇的私情。直到南宋，這條禁令依然存在。南宋著名的道學家朱熹因為不喜歡天台郡守唐仲友，便誣陷他與官妓嚴蕊私通，嚴蕊被關押一個多月，受盡了拷打，但是仍然不肯承認。

由此可見，歐陽修與官妓相戀，是冒著受罰的風險，因此他的同僚說他「有才無行」也並不是誣陷。不過好在他有一個惜才愛才而且通情達理的上司錢惟演，歐陽修才沒有因此而受到懲戒。其實，歐陽修流傳下來的很多詞恰恰是非常具有生活情趣、非常美好的，比如這一首〈南歌子〉：

〈南歌子〉

鳳髻金泥帶，龍紋玉掌梳。走來窗下笑相扶。愛道畫眉深淺、入時無。

弄筆偎人久，描花試手初。等閒妨了繡功夫。笑問雙鴛鴦字、怎生書。

這首詞描寫的是一個新嫁娘的幸福生活。她梳著模仿鳳凰姿態的髮髻，束髮的髮帶上塗了金泥，頭上玉製的梳子刻著龍紋。剛剛結婚的新嫁娘，還沉浸在無邊的幸福裡，走到哪裡都在笑，笑得直不起腰，總要夫君扶著自己，她最喜歡聊的話題是眉毛畫得深一些更時尚還是淺一些。

新嫁娘整天都想跟夫君膩在一起，本來該繡花了，可是她玩著手裡描花的筆半天也不做工，等了好久，才開始磨磨蹭蹭地動工，可是繡了一會兒又停下來，對夫君撒嬌說自己不會寫「鴛鴦」兩個字，要夫君幫自己寫。

這首詞書寫的當然不是什麼遠大的主題，但是，歐陽修筆下的這位沉浸在幸福中的新嫁娘如此嬌憨活潑可愛，這難道不也是一種感人之美嗎？

宋詞小帖

〈南歌子〉詞牌由來爲何？

南歌子原來是唐代教坊曲名，又叫〈南柯子〉、〈鳳蝶令〉，後來用作詞牌。「子」的意思就是小，所以帶有「子」字的詞牌大多指的是小曲。這個詞牌名源自漢代張衡的〈南都賦〉中的詞句「坐南歌兮起鄭舞」。張泌、溫庭筠、蘇軾等人都曾以這個詞牌創作過作品。

誰被貶官仍樂觀曠達、甚至發明了擊鼓傳花？

——行樂直須年少，尊前看取衰翁

前面說過，歐陽修是一位非常富有正義感的人，對朝廷裡的小人從來都是嫉惡如仇，因此也得罪了不少人。他因為替被貶的范仲淹打抱不平，後來，范仲淹倡導的慶曆新政失敗，他也受到了牽連，被貶到安徽滁州。被貶的歐陽修並沒有被打垮，在滁州期間，他工作之餘就與百姓們一起遊覽滁州的美麗山川，寫出了名垂千古的〈醉翁亭記〉，直到今天，這篇文章仍是國文課本中的重點課文。

三年後，他離開滁州，來到了以繁華富庶聞名的揚州。

揚州地處丘陵，這些丘陵海拔都不高，其中在揚州城外的蜀岡算是其中比較高的了。為什麼地處江蘇揚州的這座小丘被稱為蜀岡呢？因為這裡有唐代和尚鑒真出家的大明寺，大明寺裡有一口井，據說，這口井水與四川的井水相通，於是這座小丘就被稱為蜀岡。

歐陽修到這裡之後，喜歡這裡秀麗的風景，於是在蜀岡上修建了一座建築，因為從這裡遠眺，視線似乎跟遠處的山都平齊，所以就叫平山堂。

平山堂修築好以後，歐陽修夏天經常帶朋友來這裡遊玩，有時候凌晨就到了這裡。據說他每次都會讓人到湖裡摘取千朵荷花，插在盆裡，大家圍著坐下。然後讓一個歌女拿著一朵花，讓大家依次從上面摘下一片花瓣，摘到最後一片花瓣的人就罰喝一杯酒。這個遊戲是不是很像現在的擊鼓傳花？我們小時候常玩的這個遊戲竟然是歐陽修發明的啊！

看來，歐陽修雖然被貶，但是他不像其他被貶的人那樣悲悲切切、哭哭啼啼，反而是更加樂觀曠達，這樣的精神是不是很值得我們學習呢？

歐陽修在揚州只做了一年官就離開，很久以後，他的一個朋友也要去揚州當太守，臨別前，歐陽修寫了這首詞給朋友送行：

〈**朝中措** 送劉仲原甫出守維揚〉

平山闌檻倚晴空。山色有無中。手種堂前垂柳，別來幾度春風。

文章太守，揮毫萬字，一飲千鍾。行樂直須年少，尊前看取衰翁。

在這首詞裡，歐陽修寫道：坐在平山堂裡，堂邊的欄杆依靠在晴朗的天空裡，遠處的山若隱若現，令人想起了王維的名句：「江流天地外，山色有無中。」堂前的垂柳是我當年親手種植的，一別幾年，不知道它們還好嗎？我可是一個會寫文章的太守，揮毫下筆就是上萬字，一喝酒一定要喝千盅。趁著大好年華，一定要享受生活，不要等老了，衰朽不堪了，那時候，即使想喝酒也喝不了！

歐陽修去世八年後，他的學生蘇軾也做了揚州太守。蘇軾來到平山堂，緬懷自己的恩師。恩師種下的垂柳依然在風中搖曳，牆壁上還有恩師留下的墨跡。蘇軾看到這一切，感慨萬千，揮毫寫下這首詞：

〈**西江月** 平山堂〉

三過平山堂下，半生彈指聲中。十年不見老仙翁。壁上龍蛇飛動。
欲弔文章太守，仍歌楊柳春風。休言萬事轉頭空。未轉頭時皆夢。

宋詞小帖

揚州平山堂有塊匾額是出自清代光緒年間兩江總督劉坤一之手，為什麼匾額上的「流」字少了一點，而「在」字卻多了一點呢？

據說，這塊匾暗含的是劉坤一對讀書人的勸告，「流」字少一點的意思是「風流少一點」，「在」字多一點的意思是「自在多一點」，你贊成這種說法嗎？

詩詞中的傳統節慶

七夕

——兩情若是久長時，又豈在朝朝暮暮。

每年農曆的七月初七，就是著名的七夕節，也被稱為東方的情人節。不過你知道嗎？七夕在古代又叫乞巧節。

我們都知道，七夕的由來最初是與牛郎織女的傳說有關。

傳說牛郎是個孤兒，依靠哥嫂過活，經常受到嫂嫂的虐待，後來他被迫與哥嫂分家，靠一頭老牛耕種生活。這頭老牛很通靈性，牠告訴牛郎，天帝的孫女織女經常與其他仙女一起從天上下來洗澡，天亮前必須回去，否則她們就回不了天上。於是牛郎就藏在河邊等待仙女

們，並把織女的衣服藏了起來。織女無法上天，就跟牛郎在一起了，後來他們生下一兒一女，生活十分美滿。這事後來被天帝知道，下令把織女押回天庭，老牛不忍心看到牛郎思念妻子，就將頭上的一隻角化作一條小船，讓牛郎挑著兒女乘船追趕。將要追上時，王母娘娘拔下頭上的金釵一揮，變成一條銀河，阻擋了牛郎的去路，於是夫妻倆只能隔河相望。天上的喜鵲不忍心看到他們這樣分離，在每年七月初七，就飛來搭成一座鵲橋，讓他們相見，於是，每年的這一天，就被定為七夕節。

這個故事的女主角是七仙女，她是天上的織女，傳說她不僅長得美麗，而且心靈手巧，因此，古代每到七夕節的時候，女子們都會舉行聚會，焚香禮拜，供奉花果，向織女祈禱，希望她能賜予自己天仙一樣的智巧。這個日子就成為古代女子們最重要的娛樂活動之一。漢代樂府詩〈孔雀東南飛〉裡，劉蘭芝被婆婆趕出家門的時候與小姑子話別時說：「初七及下九，嬉戲莫相忘。」這裡的「初七」指的就是七夕節。

當然，七夕節傳說的核心還是牛郎織女的愛情故事，所以古代女子們在乞巧的時候，尚未嫁人的女孩大概會在心裡默默祈禱以後能遇到如意郎君，已經結婚的女子應該也會在心中祈禱愛情天長地久吧。因此，七夕節其實在很早以前就有「東方情人節」的意味。

漢代《古詩十九首》裡就有一首描寫七夕很著名的詩歌：

〈迢迢牽牛星〉

迢迢牽牛星，皎皎河漢女。
纖纖擢素手，札札弄機杼。
終日不成章，泣涕零如雨。
河漢清且淺，相去復幾許！
盈盈一水間，脈脈不得語。

唐代大詩人白居易的〈長恨歌〉裡，就寫到了唐明皇與楊貴妃在七夕節立誓相守一生的美麗故事：

七月七日長生殿，
夜半無人私語時。
在天願作比翼鳥，
在地願為連理枝。
天長地久有時盡，

此恨綿綿無絕期。

不過，在古代有些女子就沒有這麼幸運了。她們年少的時候就被送入皇宮，有的一輩子也沒能見到皇帝，只好在宮裡默默終老，她們的青春、美麗和對愛情的嚮往都被葬送在這深宮裡。平常人大多能擁有的愛情、家庭對她們來說是永遠無法觸碰的奢侈品，她們唯一能做的就是，在七夕的時候仰頭看著星河兩邊的牛郎星和織女星，幻想自己來生也許能遇到美好的愛情。唐代詩人杜牧就用詩歌描繪了她們內心的悽楚：

〈秋夕〉

銀燭秋光冷畫屏，
輕羅小扇撲流螢。
天階夜色涼如水，
坐看牽牛織女星。

七夕節起源於漢朝，距今已經有兩千多年的歷史。古往今來，無數的詩人、詞人用自己的筆描寫了牛郎織女動人的愛情故事，也表達自己的愛情觀，不過其中最有名的，應該是宋代秦觀的〈鵲橋仙〉：

〈鵲橋仙〉

纖雲弄巧，飛星傳恨，銀漢迢迢暗度。金風玉露一相逢，便勝卻人間無數。

柔情似水，佳期如夢，忍顧鵲橋歸路。兩情若是久長時，又豈在朝朝暮暮。

這首詞最美的地方在於，作者不僅描寫了大家熟知的牛郎織女的故事，還在這首詞中表達了自己獨特的愛情觀：如果愛情是真摯的，那麼是否能夠長相廝守其實並不重要，感情的長久其實能夠超越任何時間與空間以至於不朽，這才是真正的愛情，真正的偉大。

尚書宋祁與宮女如何偶遇成就了一段姻緣？

——身無綵鳳雙飛翼，心有靈犀一點通

唐宋兩代，讀書人要考中進士是非常難的，可是有些家庭從小對孩子進行良好的教育，不僅有年紀輕輕就考上進士的孩子，甚至有兄弟兩個都考上進士的情形。其中最有名的應該是蘇軾和蘇轍兄弟，除此之外，就是宋庠和宋祁兄弟了，而且後者被人稱為「雙狀元」，這是怎麼一回事呢？

原來，在宋祁二十六歲這年，和哥哥一起參加科舉考試，禮部呈報給朝廷的結果是宋祁第一、宋庠第三，但是當時執政的章獻太后不願意弟弟居於哥哥之上，於是確定宋庠第一，而宋祁第十。因此，這次考試事實上兩兄弟都得了狀元，所以被人稱為「雙狀元」。

雖然兩兄弟都才華橫溢，兩個人的個性卻完全不一樣。哥哥宋庠為人穩重，生活節儉，

即使後來當了宰相也十分樸素，弟弟宋祁卻喜歡奢華，經常在府裡通宵達旦地舉辦宴會，夜夜笙歌。哥哥知道後，心裡不高興，有一天託人捎話給宋祁：「聽說你昨夜又是通宵宴飲，你還記得有一年上元夜，我們在州學裡喝稀粥、吃鹹菜的日子嗎？」宋祁聽了不但不改過，還調侃哥哥說：「我們當時喝稀粥、吃鹹菜是為了什麼呢？」

不過宋祁在文學上的成就也是很高的。他曾經和歐陽修一起編撰《新唐書》，這本書在二十四史裡算是有極高價值，這與兩位著名文學家的相互合作是分不開的。不過宋祁寫書時候的排場也很大：他總是在宴會之後，盥洗結束，然後來到書房，放下簾子，點起胳膊粗的蠟燭，兩個丫鬟服侍，幫他研墨鋪紙，遠遠望去，就像神仙一樣。

宋祁在當時名氣就很大，他的聲名甚至傳入了皇宮。

一日宋祁經過京城大街，遇到幾輛皇宮的車子，還沒來得及躲避，一輛車子的簾子被撩起，裡面一位宮女驚訝地說：「是小宋啊！」當夜宋祁徹夜難眠，賦〈鷓鴣天〉一首：

〈鷓鴣天〉

畫轂雕鞍狹路逢。一聲腸斷繡簾中。身無綵鳳雙飛翼，心有靈犀一點通。

金作屋，玉為籠。車如流水馬如龍。劉郎已恨蓬山遠，更隔蓬山幾萬重。

不久，這首詞和故事一起傳到了仁宗皇帝耳朵裡，皇帝清查到底是哪輛車，誰在呼喚小宋。一個宮女承認說：「那天見到宋學士，大家都說是小宋，我就隨便喊了一聲。」仁宗召見宋祁，談起這事，宋祁大恐，叩頭謝罪，皇帝笑著說：「蓬山也不遠啊！」於是把這名宮女賜給宋祁。宋祁經歷了一場虛驚，宋詞倒也多了一段佳話。

不過宋祁最有名的還是這首〈玉樓春．春景〉，這首詞給他帶來一個外號——「紅杏枝頭春意鬧尚書」。

〈**玉樓春** 春景〉

東城漸覺風光好。縠皺波紋迎客棹。綠楊煙外曉寒輕，紅杏枝頭春意鬧。
浮生長恨歡娛少。肯愛千金輕一笑。為君持酒勸斜陽，且向花間留晚照。

春和景明，風光無限，詞人和朋友們同上蘭舟，春寒尚未褪盡，但是枝頭紅杏已經分明宣示了春天的到來。沒有文人常見的傷春之情、悲秋之嘆，詞人此時像一個頑童，盡情地揮霍著這春光，盡情地享受這無邊的美景。人生易老，歡樂太少，與其預約明天的幸福，不如享受眼下的快樂。及時行樂如果換個角度理解的話，也未嘗不算是熱愛生活。千金一笑，萬由不醉，人生如此，不亦樂乎！而這樣的歡娛，唯一的缺點就是太容易逝去，於是作者甚至想讓斜陽止步，將這纏綿的夕照，永遠留在花間。

這首詞最妙的就是一個「鬧」字。鬧的意思是喧鬧，本來是形容聽覺的，但是這裡卻用來形容杏花的紅豔與繁多。這種手法叫通感。通感是一種特殊的比喻，就是用一種感覺來形容另一種感覺，這種手法將不同的感覺打通，看似不合情理，卻能收到意外的驚喜。紅杏當然不會吵鬧，但是那紅豔豔的色彩，在枝頭擁擠的花團錦簇，不正像是一群盛裝的女子在嘰嘰喳喳嗎？

後人對這首詞的「鬧」字評價非常高，王國維先生就說：「著一『鬧』字，境界全出。」也因為這個原因，宋祁被人稱為「紅杏枝頭春意鬧尚書」。

宋祁的「鬧」字屬於煉字的經典，你知道什麼叫煉字嗎？

煉字，即根據內容和意境的需要，精心挑選最貼切、最富有表現力的字詞來表情達意。其目的在於以最恰當的字詞，生動貼切地表現人或事物。古人寫詩對煉字十分重視，杜甫就說自己「為人性僻耽佳句，語不驚人死不休」，賈島談自己寫詩煉字之辛苦時說：「兩句三年得，一吟雙淚流。」而賈島寫〈題李凝幽居〉時，為了思考到底是「僧敲月下門」還是「僧推月下門」更好，竟然不知不覺闖進了韓愈的儀仗隊，可見他思考之苦。

因此，好的煉字往往成為詩歌的經典，更成為後人效仿的榜樣，比如：

春風又綠江南岸　　王安石〈泊船瓜洲〉
雲破月來花弄影　　張先〈天仙子〉
一夜征人盡望鄉　　李益〈夜上受降城聞笛〉

張先寫下怎樣的詞，讓他得到「張三影」的外號？

——沙上並禽池上暝。雲破月來花弄影

我們知道，唐代很多著名詩人都有自己的外號，比如李白被稱為詩仙，杜甫被稱為詩聖，王維被稱為詩佛，劉禹錫被稱為詩豪等，其實宋代一些詞人也有自己的外號，比如前面提過的宋祁被稱為「紅杏枝頭春意鬧尚書」，而當時與宋祁齊名的一位詞人則被稱為「張三影」，又被稱為「桃杏嫁東風郎中」，這個人是誰？他為什麼會有這樣的外號呢？

這個人就是張先。他的外號由來與宋祁的一樣，都是源於自己作品中的名句。

其實除了這兩個外號之外，張先還有一個外號叫「張三中」，這是因為他的作品〈行香子〉裡有「心中事，眼中淚，意中人」的名句，很得當時的人讚賞。不過他最著名的外號還是「張三影」，這是因為他的三首詞裡面的名句都與「影」有關：他的〈天仙子〉中的名句是「雲

破月來花弄影」，〈歸朝歡〉中的名句是「嬌柔懶起，簾幕卷花影」，〈剪牡丹〉中的名句則是「柳徑無人，墮絮飛無影」。

這其中，最著名的還是第一首〈天仙子〉。

〈**天仙子** 時為嘉禾小倅、以病眠不赴府會〉

水調數聲持酒聽。午醉醒來愁未醒。送春春去幾時回，臨晚鏡。傷流景。往事後期空記省。

沙上並禽池上暝。雲破月來花弄影。重重簾幕密遮燈，風不定。人初靜。明日落紅應滿徑。

這是首傷春感時的作品。作者端著酒杯，正在聽歌女唱〈水調歌頭〉，中午喝醉了，之後酒醒，可是心裡的哀愁卻沒有消除。這時候正是春天，作者有什麼哀愁呢？因為他想到每年都這樣迎接春天，送走春天，四季更迭，但是自己的青春卻一去不回頭。對著鏡子，看到的是自己日漸蒼老的容顏，曾經經歷的無數事情都刻進了臉上的皺紋之中，無限感慨。此時自己已經年老，但是往事卻依然浮現在腦海中，就如昨天剛剛發生一樣，揮之不去。

此時已經到了晚上，池塘裡的野鴨、鴛鴦等已經成雙成對地進入夢鄉。剛才月亮還被雲遮著，現在似乎雲彩破了一個小洞，於是月光從洞裡射出，照到花園裡的花上。微風吹來，花兒輕輕搖曳，花兒的影子也跟著搖曳，似乎是花兒在與影子玩遊戲。這時候，人們已進入夢鄉，一重重的簾幕遮住了燈光，也遮住了溫暖。風越來越大了，張先心想，明天，花兒應該被吹落不少，鋪滿小徑了。

春天是四季中最美麗的季節，也是很短暫的季節。古代的詩人們經常在春天還在時就想到春天的離去，然後聯想到青春的短暫，比如唐代張若虛的〈春江花月夜〉裡就有「江水流春去欲盡，江潭落月復西斜」的句子，而春天的落花更容易讓詩人們聯想起美好的短暫，比如孟浩然的〈春曉〉裡就有「夜來風雨聲，花落知多少」的名句，李清照的〈如夢令〉裡也有「知否。知否。應是綠肥紅瘦」的感嘆。這並不是說古代詩人性格太脆弱，而是因為他們很敏感，對美好的事物極其珍惜，因此對美好事物的逝去就格外不捨。

張先這首詞中的名句「雲破月來花弄影」非常有名。這一句有兩個字用得特別好，一個是「破」字，其實雲並不是破，只是雲在移動，給月光留出了空隙，但是這個「破」字似乎給了月亮生命，它好像是故意撕破雲的一塊，以便讓月光能夠普照大地，慰藉詩人的心；還有一個就是「弄」字，似乎這時候的花兒也有了生命，在這靜靜的夜裡，它們不甘寂寞，於是和自己的影子玩起遊戲，不停地逗弄著影子，搖曳生姿。這首詞是張先最著名的代表作，至今仍是教科書的課文之一。

那麼，張先的另一個外號「桃杏嫁東風郎中」是怎麼來的呢？這就要從張先的另一首代表作說起了。

〈一叢花令〉

傷高懷遠幾時窮。無物似情濃。離愁正引千絲亂，更東陌、飛絮濛濛。嘶騎漸遙，征塵不斷，何處認郎蹤。

雙鴛池沼水溶溶。南北小橈通。梯橫畫閣黃昏後，又還是、斜月簾櫳。沉恨細思，不如桃杏，猶解嫁東風。

這首詞寫的是一個女子思念丈夫的心情，其中最著名的就是最後一句。意思是說，丈夫一去不歸，妻子在家中思念丈夫，丈夫卻杳無音訊，她心裡有些生氣：早知道嫁給這樣一個連風都拴不住的男人，還不如像桃花、杏花一樣，嫁給東風，至少每年春天還能相見。這首詞也是將桃花、杏花比作女子，將東風比作男子，賦予了它們生命，也寄託了自己的哀傷。

這句名句尤其被當時的文壇領袖歐陽修歎賞，於是他就稱張先為「桃杏嫁東風郎中」了。

宋詞小帖

蘇軾的名句「一樹梨花壓海棠」是描寫張先的，背後有怎樣的故事？

張先一生沒有經歷過太大磨難，活得比較長壽。他一輩子安享富貴，詩酒風流。他在八十歲時居然娶了一個十八歲的女孩為妾。這件事在當時引起很大的震撼，蘇軾就寫詩調侃張先：

十八新娘八十郎，
蒼蒼白髮對紅妝。
鴛鴦被裡成雙夜，
一樹梨花壓海棠。

現在你知道了吧，「一樹梨花壓海棠」這句詩可不能亂用哦！

老師，他的科考作文是瞎編的！

——讀軾書，不覺汗出，快哉，快哉！

宋仁宗嘉祐二年（公元一〇五七年）的一天，當時擔任進士主考官的歐陽修正在批閱考生的試卷。這一年的進士作文題目是〈刑賞忠厚之至論〉，意思是不管是對有罪的人用刑，還是對有功的人獎賞，都要本著忠厚的心。歐陽修的目光從一份份試卷中滑過，大多數文章都寫得空泛平庸，歐陽修覺得很不滿意。突然，歐陽修的目光停留在其中一份試卷上，這份試卷文章寫得清楚明白，大氣從容，比先前那些卷子不知道好了多少。尤其是文章裡面採用的一個資料十分切合此次的作文要求。這個資料內容說：上古堯帝的時候，大臣皋陶擔任法官，有人犯了罪，皋陶多次堅持說殺，而堯帝多次堅持寬恕他，因此天下人都畏懼執法嚴明的皋陶，愛戴用刑寬容的堯帝。看著這份卷子，歐陽修歎賞再三——這個考生真的是博覽群

書、才華橫溢啊！歐陽修拿起筆，準備把這個考生定為第一名。正要下筆的時候，歐陽修卻又遲疑了：卷子是密封的，這份試卷到底是誰的呢？歐陽修想起自己的學生曾鞏也參加了這次考試，這會不會是他的試卷呢？如果我把自己的學生定為第一，人家會不會說我偏袒學生？想到這裡，歐陽修有些為難了。思慮再三，他終於忍痛把這份卷子評為第二。

試卷評閱完後，開始拆密封了，歐陽修急切地想看看被自己評為第二的卷子到底是不是曾鞏的，結果他湊近一看，竟然不是曾鞏，考生名字的位置赫然寫著兩個字：蘇軾。

蘇軾出生於四川眉山，據說他誕生那天，眉山上的草木一夜間都變黃了，都說這是蘇軾汲取了天地靈氣所致。這當然只是個傳說。蘇軾的才華，除了他自己的天資聰穎、刻苦攻讀之外，還與一個人的努力密不可分，就是他的父親蘇洵。據說蘇洵年輕的時候遊手好閒，直到二十七歲才發奮讀書，成為大器晚成的最好例子。兩個兒子蘇軾和蘇轍出生後，蘇洵更是對他們悉心培養，除了請名師為他們傳授學業之外，還帶著兩個兒子到處拜訪當時成都的著名學者、文人，讓兒子們開闊眼界。在蘇軾二十歲這一年，蘇洵帶著他和蘇轍走出四川，來到當時的首都汴京參加科舉考試，並帶他們拜訪了當時的朝廷重臣韓琦、歐陽修等人。就在這一年，蘇軾和蘇轍兄弟雙雙高中進士，三蘇之名一時間名震京師。

此後，蘇軾和蘇轍參加了選拔高級人才的「制科」考試，蘇軾列為三等。這是最優秀的品級，宋代開國以來，只有蘇軾和另一個叫吳育的人得此殊榮。而蘇轍也名列第四等。宋仁宗十分高興，對皇后說：「我今天為子孫得了兩個宰相。」

而得知被自己評定為第二的考生原來是蘇軾之後，歐陽修對蘇軾更是十分欣賞。他曾對人說：「讀軾書，不覺汗出，快哉，快哉！老夫當避路，放他出一頭地也。可喜，可喜！」歐陽修甚至對兒子說：「三十年後，將無人提起老夫，只會讀蘇軾的文章。」

但歐陽修心裡還是有一個結一直沒解開。蘇軾的文章裡面用的那個資料十分切合作文要求，但是歐陽修記不起在哪本書裡看到過這個典故。於是有一天他就問蘇軾：「你那篇〈刑賞忠厚之至論〉裡面，堯帝和皋陶的引用用得很好，但是老夫不知道這出自哪本經典。」蘇軾微微一笑，大大咧咧地回答：「哪本書都不是，這材料是我編造的，古人大概應該是這樣的。」歐陽修聽了之後愣了一下，然後哈哈大笑。他不但不覺得蘇軾編造材料是弄虛作假，反而認為蘇軾寫文章很有膽識，從此對蘇軾更加欣賞。

宋詞小帖

蘇洵爲什麼給兩個兒子取名蘇軾和蘇轍？

孩子是父母生命的延續，也是父母希望的寄託，任何父母都希望給孩子取個最好的名字，那麼蘇洵為兒子們取的名字有什麼意義呢？「軾」其實是古代車上的一個裝置，它是車前的一根橫木。古人乘車一般都是站著，因為怕顛簸，所以在車前安裝了一根橫木，讓乘車人扶著；「轍」指的是車輪印，俗稱車轍，成語「南轅北轍」中的「轍」字就是這個意思。蘇洵兩個兒子的名字都與車有關。在古代，能夠乘車的一般都是大官。所以，從蘇洵給兩個兒子取的名字就可以看出他對兒子們的期許，他希望他們有一天能夠當上高官，光宗耀祖。蘇洵的理想後來的確實現了，他的小兒子蘇轍後來曾官至尚書右丞、門下侍郎，而蘇軾也官至翰林學士，更成為一代大師，三父子也以三蘇之名光耀後世，萬古流芳。

哪首詞被公認是豪放詞的開篇之作？

——會挽雕弓如滿月，西北望，射天狼

詞發源於唐朝，最初只是達官貴人們宴會時助興的一種曲子。這種曲子當時都是由妙齡歌女演唱的，因此詞的內容大多表現男女情愛、離別思念一類的主題，境界是比較「清新狹窄」，與詩的宏大開闊迥然不同。從唐代到五代一直到宋初的三百多年時間裡，人們似乎都認為詞只能寫一些兒女情長、鶯鶯燕燕的東西，似乎沒有人能想到詞也能像詩一樣表達個人志向、抱負，寫一些宏大開闊的豪放主題。所以詞人們提筆想起的，不外乎是月兒、雲兒、花兒、柳兒這些意象，認為這就是正宗的詞，這樣的詞，後人稱之為婉約詞。

當蘇軾這個天才出現後，一下子就顛覆了幾百年來人們對於詞的定義，他讓大家知道，原來詞也可以寫得宏大開闊，也能像詩一樣抒發志向，揮灑情懷。為了與以前的婉約詞區分，

人們就叫這種詞為豪放詞，而蘇軾當然也就是豪放詞的開山鼻祖了。

那麼，被公認為豪放詞開篇之作的是哪一首詞呢？就是〈江城子・密州出獵〉。

蘇軾受到歐陽修的賞識，高中進士，從此踏入仕途。但是當時他捲入了王安石變法所引起的新黨和舊黨之爭。擁護變法的被稱為新黨，反對變法的則被稱為舊黨。蘇軾認為，王安石變法的一些措施出發點是好的，但在執行時出現很多問題，導致新法不但沒能改善老百姓的生活，反而使老百姓更加困苦。因此他被認為是反對新法，被歸入舊黨一邊。

蘇軾不願意被捲入這種政治紛爭，因此他主動請求到外地做地方官。在唐、宋兩代，在京城做官比在外地做官待遇要好得多，陞遷的機會也大很多，因此一般人都拼命鑽營想到京城做官，而蘇軾這種行為，相當於自己請求降職。他後來擔任了杭州通判、密州知州、徐州知州等職。蘇軾不僅是個文學家，更是一個好官員，他剛到徐州上任的時候就遇到罕見的大水災，整個城市都要被淹沒了。蘇軾為了抗洪，在城牆上搭了個窩棚，吃住都在裡面，二十四小時指揮、督促軍民抗洪，最後終於戰勝洪水，保全了一城的老百姓。

蘇軾到密州擔任知州時，已經四十二歲。這年冬天，按照習俗，軍民要舉行盛大的狩獵活動，這樣的活動，當然是由知州大人領導。蘇軾笑說自己已經老了，沒想到還能和年輕人一起癲狂。話雖如此，可是蘇軾對這次出獵卻做了認真的準備。他騎上馬，左手牽著獵狗，右臂擎著蒼鷹，一聲號令，戴著錦緞帽子，穿著貂皮衣，裝備精良的騎兵跟著他如狂風一般捲過山坡。看著這浩大的隊伍，蘇軾興高采烈，他對手下說：為了報答你們和出來圍觀的老百姓，我今天一定要像三國的孫權一樣親手射殺一隻老虎，讓你們看看我的厲害！

此時的蘇軾似乎再也不覺得自己老，他想，即便是喝得大醉我也能拉開硬弓，現在只是鬢髮微微有些斑白，又有什麼關係呢？這時他突然想起一個典故：西漢時，魏尚擔任雲中太守，在防備匈奴入侵的戰爭中屢建功勳，可是後來由於一些小錯誤被撤職。他離開後，雲中多次被匈奴入侵，損失慘重。心急如焚的皇帝向大臣馮唐詢問誰可以當雲中太守，馮唐推薦了魏尚，且為魏尚之前因小事被撤職的事情鳴不平，終於打動了皇帝，他讓馮唐拿著象徵皇帝的符節去赦免魏尚，恢復他雲中太守的官職。蘇軾想到自己現在的遭遇，不也跟魏尚差不多嗎？朝廷會不會有天也派出像馮唐一樣的人，拿著符節，讓自己重新為國家效力？在蘇軾的時代，北宋有兩個主要敵手，一個是北邊的契丹，另一個則是西邊的西夏。蘇軾想，如果真有那麼一天，我一定會披甲上陣，把雕花的弓拉得像滿月一樣，抵禦外敵，為國盡忠。

〈**江城子** 密州出獵〉

老夫聊發少年狂，左牽黃，右擎蒼，錦帽貂裘，千騎卷平岡。為報傾城隨太守，親射虎，看孫郎。

酒酣胸膽尚開張，鬢微霜，又何妨。持節雲中，何日遣馮唐？會挽雕弓如滿月，西北望，射天狼。

也許連蘇軾自己也沒想到，他這一首詞，就開創了一個詞派——豪放派。從這以後，寫豪放詞的詞人數不勝數，如陸游、辛棄疾、張孝祥、陳亮、劉克莊等人，其中以辛棄疾成就最高，所以，蘇軾和辛棄疾被稱為豪放詞派的代表詞人，並稱「蘇辛」。

宋詞小帖

豪放詞與婉約詞有什麼不同？

北宋時，婉約詞的代表詞人是柳永。有一次，蘇軾問自己的一個門客：「我的詞跟柳永的詞比起來如何？」門客回答：「柳永的詞，適合十七八歲的女孩，拿著象牙製的拍板打節奏，唱『楊柳岸曉風殘月』，而您的詞，適合關西大漢，手持銅琵琶，高唱『大江東去』。」蘇軾聽了之後哈哈大笑。

詩詞中的傳統節慶

中秋節

——但願人長久，千里共嬋娟。

中秋節是歷史上的傳統佳節，早在《周禮》中就出現過「中秋」一詞，到唐朝初年，中秋成為固定的節日，之後一直延續至今。現在，中秋節已經成為僅次於春節的第二大傳統節日。

說起中秋節的詩詞，估計大多數人都會想到蘇軾的〈水調歌頭〉吧。

在中秋節，人們吃月餅、賞月，闔家團圓，所以中秋節也被稱為團圓節。這個節日寄託了人們對美滿幸福生活的嚮往，可是，誰能保證自己的生活永遠是美滿幸福的呢？

古人曾說：「人生不如意十之八九。」就是說，人生在世，免不了會有很多痛苦和遺憾，沒有誰的生活是永遠充滿陽光、一直快樂的。人生總要面對很多生老病死，離合聚散，所以總有無數的思念悲傷，孤獨淒涼。

在這些痛苦、遺憾面前，有些人想到的是離開塵世，尋仙求道，白日飛昇，永遠離開這充滿痛苦與遺憾的人世。比如李白就說「且放白鹿青崖間，須行即騎訪名山」，他做好了隨時離開人世，飛向仙界的準備。可是成仙終究是一個可望而不可即的夢，終其一生，李白也沒能白日飛昇。

蘇軾跟自己的弟弟蘇轍感情很好，在他們的父親蘇洵去世之後，兩兄弟更是相依為命。可是兩個人都在官場，身似不繫之舟，總是因為公事而到處奔忙，所以聚少離多。蘇軾在杭州的時候，弟弟在山東做官。杭州任滿之後，蘇軾請求調到山東，離弟弟近一點，好有相見的機會，所以他後來被任命為密州知州。可是上任之後，兩個人都公事纏身，仍然很少有見面的機會。熙寧九年（公元一〇七六年）的中秋節，蘇軾一個人對著一輪滿月喝得大醉，想起了很久都沒有見面的弟弟，感慨萬端，於是寫下了這首傳誦千古的名篇。

〈水調歌頭 丙辰中秋，歡飲達旦，大醉。作此篇，兼懷子由〉

明月幾時有，把酒問青天。不知天上宮闕，今夕是何年。我欲乘風歸去，又恐瓊樓玉宇，高處不勝寒。起舞弄清影，何似在人間。

轉朱閣，低綺戶，照無眠。不應有恨，何事長向別時圓。人有悲歡離合，月有陰晴圓缺。此事古難全。但願人長久，千里共嬋娟。

中秋是闔家團圓的節日，可是此時的蘇軾，卻無法和深切思念的弟弟見面，只能獨自在家喝酒。一輪滿月升起，靜靜地照著大地。這月亮從什麼時候開始伴隨大地的？最初肩上灑滿月光的又是誰？在似乎永恆的月亮面前，人生的幾十年簡直短促得可笑。很多古人曾希望自己能夠飛昇到天界，「與天地兮比壽，與日月兮齊光」，那不就逃脫了人世的短促，也永遠擺脫了人間的遺憾與痛苦嗎？蘇軾端著一杯酒，望著這明月，產生了這樣的想法：聽說，天上一天等於世上一年，那麼，天上的此時，又是哪一年呢？如果飛昇到天際，是不是自己也可以和月亮一樣永恆，不再承受人世間的分離、思念和痛苦呢？

可是，飛昇到天際真的就能解決問題嗎？

天上是怎樣的，誰都不知道，也許上面很冷，沒有人間的人情與溫暖，那麼飛昇上去又有什麼意義呢？

蘇軾猶豫了。他端著酒杯，腳步踉蹌地在月下舞蹈，他的影子跟隨著身體一起舞蹈，好像是兩個舞者無比默契的配合。還是這樣好啊！蘇軾微笑著。人間有很多痛苦，但是也許比虛無縹緲的天界來得踏實一些。

夜深了，月亮的柔光從紅色的閣樓裡沉下去，又從雕花的窗戶間沉下去，眼看月亮西沉，東方將曉，可是蘇軾仍毫無睡意。他想起無比思念的弟弟，想起從小和弟弟一起長大，一起接受父親的教導，一起在父親的帶領下走出四川，到京城參加科舉考試，又一起高中進士，一起做官……無數的美好記憶一幕幕浮現在他眼前。現在父親已經去世，只留下自己和弟弟在這世上相依，可是為官這些年，兩個人卻聚少離多……蘇軾想到這裡，心裡漸漸充滿了悲傷和痛苦。

不，不能這樣！一個聲音在他心裡響了起來。

人生有痛苦，有遺憾，但是人卻不應該感到遺憾。因為痛苦和遺憾是人生的常態，哪裡有完美的生活，就像月亮哪能都像上次滿月時那麼圓呢？人生總有悲歡離合，就像月亮總有陰晴圓缺，完美的生活，從古到今都不曾有過。

但是，生活不正是因為有痛苦和遺憾，幸福和快樂才有意義嗎？如果沒有離別，相聚也就沒有價值；如果沒有失去，得到也就沒有價值；如果沒有哭泣，歡笑也就沒有價值；如果沒有疼痛，舒服也就沒有價值……。

想到這裡，蘇軾的眉頭展開了，臉上浮現出微笑。他端起酒杯，仰望著一輪明月，又想起思念的弟弟。雖然聚少離多，雖然總有痛苦和遺憾，但是如果彼此都能珍重自己，好好地生活，哪怕見不著面，但是能在不同的地方分享這一輪明月，也是人生中的幸福啊！想到這裡，蘇軾端起酒杯，一飲而盡。

北宋大案烏台詩案改變了哪位詞人的一生？

——長恨此身非我有，何時忘卻營營

元豐二年（公元一〇七九年）三月，蘇軾由徐州調任湖州知州，按照當時的慣例，調任的官員們都要寫個感恩的奏章給皇帝，表示自己的感激之情。蘇軾也不例外，他寫了一篇〈湖州謝上表〉給皇帝。這本來是例行公事，卻沒想到，這個奏章給他惹來滔天大禍。

前面說過，蘇軾為官的時候，正碰上王安石變法。當時朝廷的大臣有的支持變法，有的反對變法，從而分成了舊黨和新黨兩派，蘇軾是支持舊黨、反對變法的，但是他不想陷入這種幫派之爭，所以他自己請求離開京城這個權力的是非之地，到外地當地方官。可是，即便如此，他也沒能躲過這場風暴。

蘇軾的〈湖州謝上表〉中有兩句：「陛下知其愚不適時，難以追陪新進；察其老不生事，

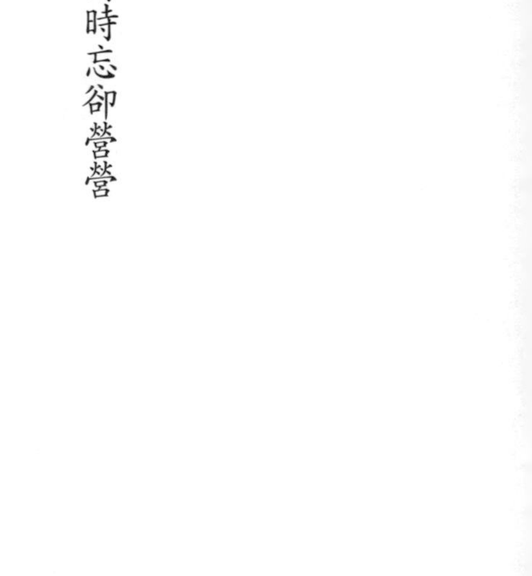

或能牧養小民。」意思是：皇帝知道我愚蠢，不能與時俱進，跟不上朝廷那些剛剛提拔的官員的腳步；也知道我年紀大了，不喜歡沒事找事，所以正好能夠撫養老百姓。這句話裡的諷刺意思很明顯：蘇軾其實是把那些因為支持變法而新近被提拔的大臣諷刺成「權力的暴發戶」，表示自己無法跟他們一起共事，也諷刺變法其實是在無端生事，給百姓帶來更大的災難。這惹怒了一些大臣，他們花了幾個月時間從蘇軾的詩文裡挑挑揀揀，尋章摘句，說蘇軾「愚弄朝廷，妄自尊大」，於是在湖州任上把蘇軾逮捕了，投入御史台的監獄。

古代的御史台是專門審理官員犯罪案件的機構。漢代的時候，御史台院子裡有一棵高高的柏樹，柏樹上有一個烏鴉窩，所以人們就把御史台叫「烏台」，也叫「柏台」，而蘇軾的案子是由他的詩文引發的，所以這個事件被稱為「烏台詩案」。

當朝廷的使者來逮捕蘇軾的時候，蘇軾已經聽到了風聲，他以為這次肯定要被賜死，甚至不敢穿官服見使者，下屬提醒他因還沒定罪，應該穿官服見客，他才穿上朝服、朝靴。使者見到蘇軾，宣讀了詔書，便要求蘇軾立刻出發前往京城。在路上，蘇軾曾想過跳水自殺，一死了之，可是害怕自己死了會牽連弟弟，只好忍辱前行。

到了御史台監獄之後，蘇軾受到嚴厲的審問，痛恨他的人羅織了很大的罪名，蘇軾心想這次一定無法活著走出監獄。不過也有很多同情他的人為他奔走說情。當時的駙馬王詵為蘇軾通風報信，宰相吳充也為蘇軾說情，甚至蘇軾所反對的王安石，當時已經罷相閒居於金陵，也上書反對殺蘇軾，而當時的皇太后曹太后也跟神宗皇帝說：「當年先帝在的時候曾跟我說，我今天為子孫尋覓到兩個太平宰相人才，一個是蘇軾，一個是蘇轍，這樣的才子怎能殺呢？」蘇軾的弟弟蘇轍更是以撤銷自己的一切官職為條件，請求寬恕哥哥，蘇軾曾經為官的浙江、江蘇等地的老百姓們聽說此事，紛紛焚香禱告，為蘇軾祈福。

蘇軾在被關押的時候，讓自己的兒子蘇邁在外奔走，並照顧獄中的自己。蘇邁每天都派人給獄中的蘇軾送來飯菜。蘇軾與兒子有過約定，要是案情平穩沒有大事，就送一些粗茶淡飯，要是案情緊急，就送一條魚。蘇軾被關押了很久，蘇邁一直都送粗茶淡飯，但是後來有一次蘇邁盤纏用光了，要去找朋友借錢，於是把送飯的任務暫時委託給一位朋友。這位朋友並不知道父子倆的約定，出於對大文豪蘇軾的崇敬，他送了很豐盛的飯菜給蘇軾，裡面還有一條燻魚。蘇軾看到魚之後大驚失色，以為案情嚴重，自己死到臨頭了。好在後來知道，這不過是一場虛驚。

蘇軾七月被逮捕，八月被送進御史台監獄，在監獄裡歷經了無數的拷問，受盡了折磨。在無數同情他的人的一致努力下，第二年的二月，他走出監獄，被貶為黃州團練副使。

烏台詩案是轟動北宋朝野的一個大案，除了蘇軾，當時被牽連的有幾十位大臣。這個事件成為蘇軾一生重要的轉折點，從此，一個經歷了痛苦與磨難卻毫不氣餒、豁達樂觀的蘇東坡開始出現在北宋文壇，出現在歷史的舞台上。

宋詞小帖

蘇東坡愛開玩笑，即使在烏台詩案大難臨頭之時還跟妻子說笑！

蘇軾在湖州任上被使者逮捕，臨出門的時候，妻子、孩子都大哭。看著這樣的情景，蘇軾對妻子說：「我給妳講個故事：真宗皇帝的時候，有一個叫楊樸的隱士善於寫詩，皇帝就召他入宮。見面後，皇帝問：你這次來有人寫詩送你嗎？楊樸回答：有，我妻子寫了一首詩，說：『更休落魄耽杯酒，且莫猖狂愛詠詩。今日捉將宮裡去，這回斷送老頭皮。』真宗皇帝聽了大笑，也明白了楊樸的意思，於是把他放回山裡。這次我也被召進宮，妳難道就不能像楊處士的妻子那樣寫一首詩送我嗎？」妻子看他這時候還開玩笑，也忍不住笑了。

被貶官的蘇軾爲何自號「東坡居士」？

——大江東去，浪淘盡、千古風流人物

我們都知道，蘇軾字子瞻，我們也知道，蘇軾還有個稱號，叫東坡居士，這個稱號是怎麼來的呢？

蘇軾經歷了烏台詩案之後，被貶到黃州，這是一處很偏僻的地方。因為被貶官，蘇軾的俸祿減少了一半，而家裡人口又多，為了度日，蘇軾每個月把自己的俸祿四千五百錢分成三十份，用麻繩串起來掛在房梁上，每天早上用長叉子取下一串使用，如果有結餘，蘇軾就會很高興地把剩下的錢儲存在罐子裡，預備朋友來的時候買酒喝。

有一次，蘇軾的朋友馬正卿專程從揚州趕來看望蘇軾，看到蘇軾生活如此貧苦，於是找到黃州太守，將當地的一塊荒地撥給蘇軾耕種，幫助他一家解決吃飯問題。蘇軾十分高興。

這塊荒地在黃州城東邊，又是一塊坡地，蘇軾想起了自己崇拜的唐代詩人白居易在忠州的時候就有一塊用來植樹、種花的地叫東坡，為效法白居易，蘇軾也把這塊地叫東坡，還給自己取了一個號，叫「東坡居士」，從此以後，我們就把蘇軾也叫作蘇東坡。

相比於黃州生活的艱難，讓蘇軾更痛苦的是世態的炎涼。因為他下獄，又被貶黃州，很多以前跟他關係好的人都不敢搭理他，原本經常寫信給他的人不再寫信了，甚至他寫過去的信人家也不再回。曾經朋友遍天下的蘇東坡頓時少了很多朋友。他寫詞說「酒賤常愁客少」，其實並不是說自己的酒品質不好，朋友都不來拜訪，而是因為自己現在是戴罪之身，很多人避之唯恐不及，這讓蘇軾更感到痛苦與孤獨。

有一天晚上，蘇軾到朋友家喝酒，喝醉睡著了，過一會兒又醒來，此時已經是半夜，蘇軾獨自回家。到家時，家人都睡著了，連負責開門的僕人也鼾聲大作，蘇軾敲半天門都沒人應門，無奈之下，他只好坐在自己家門口，就這樣坐了一夜。

這一夜蘇軾想了很多，他想到自己少年得志，高中進士，得到當時文壇領袖歐陽修的賞識，成為名震天下的青年才俊，可是在官場打滾二十多年，不僅功業不成，反而像牽線木偶一樣一下被指派到這，一下被指派到那，而現在竟然落得被貶黃州的下場！蘇軾覺得厭倦了，他真想離開這種牽線木偶似的生活，真正做一次自己的主人。可是身在官場，要自己做主談何容易！夜深了，江水平靜，就像閃光的絲綢一樣波瀾不驚，蘇軾心想，要是能坐一條小船，離開黃州，離開官場，離開這牽線木偶的人生，那該多好啊！

〈臨江仙〉

夜飲東坡醒復醉，歸來彷彿三更。家童鼻息已雷鳴。敲門都不應，倚杖聽江聲。
長恨此身非我有，何時忘卻營營。夜闌風靜縠紋平。小舟從此逝，江海寄餘生。

每個人生命中都會有波折和痛苦，但是不是每個人都能從波折和痛苦中覺醒，因為這個過程往往是艱難而複雜的。初到黃州的蘇軾也經歷了痛苦、徬徨、孤獨、迷茫，但是當他逐漸平靜之後，便憑藉自己的意志與豁達戰勝痛苦，成為一個瀟灑樂觀的人。

黃州附近的長江岸邊，有一塊可以在上面俯視江面的高崖，叫赤壁磯。有人說，其實應該叫赤鼻磯，以免將其與周瑜火攻曹操的赤壁相混淆，據考證，赤壁之戰的爆發地是湖北嘉魚縣，而不在黃州。不過蘇軾當時是戴罪之身，行動被嚴加監管，所以沒有機會到嘉魚縣赤壁去遊覽，因此，他最常去的地方還是黃州的赤壁。在這裡，他留下了兩篇賦——〈前赤壁賦〉、〈後赤壁賦〉，還留下一首傳誦千古的〈念奴嬌・赤壁懷古〉：

〈念奴嬌 赤壁懷古〉

大江東去，浪淘盡、千古風流人物。故壘西邊，人道是、三國周郎赤壁。亂石穿空，驚濤拍岸，捲起千堆雪。江山如畫，一時多少豪傑！

遙想公瑾當年，小喬初嫁了，雄姿英發。羽扇綸巾，談笑間、檣櫓灰飛煙滅。故國神遊，多情應笑我、早生華髮。人間如夢，一樽還酹江月。

滔滔長江水，就像不停流逝的時間，在它們面前，任何前朝功業、英雄豪傑最終都逃不脫成為歷史的命運。在赤壁的西邊，有一些古代營壘的遺址，有人說，這就是三國周郎率領軍隊抗擊曹操的地方。放眼望去，江邊亂石林立，直刺天空，波濤拍擊江岸，浪花飛濺，如千堆白雪，讓人不禁感慨：如畫的江山，不知曾孕育了多少英雄豪傑！

蘇軾想起了著名的英雄周瑜。周瑜二十四歲就擔任建威中郎將，三十三歲指揮赤壁之戰，打敗當時不可一世的曹操，可謂人中豪傑。而且周瑜娶了吳地最美的兩姐妹之一的小喬，英雄美女，人生真可以說是完美了。他指揮赤壁之戰的時候，搖著羽扇，戴著綸巾，從容不迫，指揮若定，似乎只在談笑間，就把曹操的百萬大軍打得丟盔棄甲，潰不成軍。想到這些，再聯想到自己，蘇軾不禁自嘲：看來我真是自作多情，憂心太多，連頭髮都過早地變白了。遙望江水，回想前人，蘇軾突然覺得人生就像一場夢，他端起一杯酒，緩緩灑在江邊，祭奠江水和月亮，讓所有的痛苦和不快，都隨著這江水流去，再也不回來。

黃州之貶是蘇軾生平遭遇的第一次重大磨難，也是他思想轉變的轉折點。在這裡，他成了蘇東坡，開始用豁達樂觀來消解人世間的痛苦與悲涼，而後來他甚至還被貶到惠州、儋州（今海南島），但是，不管被貶到哪裡，蘇軾都笑對人生，笑對痛苦，他的樂觀與豁達也成為他留給後世的我們最珍貴的精神財富，教會我們如何生活，如何面對生活中的艱難。

宋詞小帖

說起蘇東坡，你是否最先想到的是東坡肉呢？

蘇東坡剛被貶到黃州的時候，俸祿很少，家裡人口很多，所以生計很艱難。但是他發現一個奇怪的現象：黃州的豬肉品質很好，價格卻很便宜。這是因為當時的富人一般喜歡吃羊肉，不屑於吃豬肉，而窮人又不知道烹調豬肉的方法，因此豬肉價格很低。蘇東坡便買了豬肉，自己創造一種烹飪方法，把豬肉做得很好吃，這就是東坡肉。蘇東坡還專門寫了一篇〈豬肉頌〉，將這種烹飪方法流傳下來：

淨洗鐺，少著水，柴頭罨煙焰不起。待他自熟莫催他，火候足時他自美。黃州好豬肉，價賤如泥土。貴者不肯吃，貧者不解煮，早晨起來打兩碗，飽得自家君莫管。

誰是宋朝最擅長講笑話的人？

——八風吹不動，一屁打過江

大家都知道蘇東坡是個全才，他是詩人，是詞人，是散文家，是書法家，是畫家，還是美食家，可是你是否知道，蘇東坡也是個幽默大師，堪稱宋朝超級擅長講笑話的人？

蘇軾是個愛開玩笑的人，他經常用玩笑捉弄別人，被捉弄的人往往一下子反應不過來被「耍」，過一會兒仔細一想，才知道被蘇東坡「算計」了。

一次，蘇軾去拜訪宰相呂大防，呂大防正在午睡，蘇軾等候良久他才出來。蘇軾指著呂大防客廳水缸裡養的一隻綠毛烏龜說：「你這隻烏龜沒有什麼珍貴的，最珍貴的當屬一種六隻眼睛的龜。」呂大防驚訝地說：「有這樣的烏龜嗎？不是你杜撰的吧？」蘇軾一本正經地說：「唐中宗時，有人進獻六眼烏龜給皇帝。皇帝問：『這烏龜有什麼奇特之處？』進獻者

回答：『這烏龜有三對眼睛，因此牠睡一覺能抵別的烏龜睡三次覺。』」

呂大防剛聽完這個故事並沒覺得有什麼不對，過了一會兒仔細一想才明白過來：原來蘇軾你小子是把我比作烏龜！還是特別能睡的那種烏龜啊！蘇軾不僅敢用笑話調侃宰相呂大防，另一位宰相，也是熙寧變法的主持者王安石，蘇軾同樣敢於調侃。

王安石曾經寫過一本《字說》，就是解釋漢字的來歷和含義，類似於《詞源》或者《說文解字》，但是《字說》裡面很多解釋是牽強附會、毫無根據的，對此，蘇軾從來不放過嘲笑王安石的機會。

比如《字說》裡面說「篤」字的意思是用竹子打馬發出的聲音，蘇軾不以為然。古代「笑」字還有一種寫法，上面是竹字頭，下面是一個「犬」字，所以蘇軾說：「用竹子打馬就叫『篤』，那用竹子打狗有什麼可笑的呢？」

王安石《字說》裡面說：「坡者，土之皮也。」蘇東坡就依樣畫葫蘆調侃說：「波者，水之皮也。」

有一天蘇軾一本正經地對王安石說：「近來在下學習相公的《字說》特別有收穫，根據您的理論，我考證出『鳩』字就是九隻鳥的意思。」王安石不明所以，非常高興：「是嗎？那你說說看！」蘇軾說：「《詩經》裡面不是說嗎？『鳲鳩在桑，其子七兮。』七隻小鳥加上牠們的爹媽，正好九個[3]。」王安石這才知道自己上當了，卻哭笑不得。

一個素不相識的人帶著自己的詩文去請教蘇軾，充滿激情地朗誦完之後，滿懷希望地問蘇軾：「您覺得我的詩文可以打多少分？」

蘇軾回答：「一百分。」

此人大喜過望：「為何？」

蘇軾回答：「誦讀之美七十分，詩文之美三十分。」

想必這個人聽了蘇軾的點評，想死的心都有了。

不過蘇軾有些笑話則是他自己被嘲笑，特別是被他的好友佛印大師捉弄：

一天，蘇軾和佛印乘船遊覽瘦西湖，蘇軾笑指著河岸上正在啃骨頭的狗，吟道：「狗啃河上（和尚）骨！」佛印大師突然拿出一把題有東坡居士詩詞的扇子，扔到河裡，並大聲道：「水流東坡詩（屍）！」

3　原文：「屍鳩在桑，其子七兮。淑人君子，其儀一兮。」形容君子內外一致，蘇軾在這裡故意竄改詩句，嘲笑王安石。

據說蘇軾在杭州當官的時候，佛印在江對岸金山寺當住持。蘇軾給佛印寫信說：「近來我學佛頗有心得，已經達到了『八風吹不動』的境界。」佛印看了信之後，在上面批了一個「屁」字交由來人帶回。蘇軾看到佛印如此粗魯的回覆，不由得大怒，馬上坐船過江來找和尚理論。佛印看到東坡怒氣沖沖地來興師問罪，微微一笑說：「八風吹不動，一屁打過江。」蘇軾一聽，才知道自己又被大和尚笑話了。

蘇軾跟人鬥嘴甚至會敗在小沙彌手下：

閒來無事，蘇軾去金山寺拜訪佛印大師，沒料到大師不在，一個小沙彌來開門。蘇軾傲聲道：「禿驢何在？」小沙彌淡定地一指遠方，答道：「東坡吃草！」

為什麼關於蘇軾的笑話會這麼多呢？

因為蘇軾是一個幽默而且善於自嘲的人，所以人們願意將一些明顯是編造的故事附會到他身上，為了加強這些故事的戲劇性，甚至還為蘇軾捏造出一個美麗聰明、時常與他鬥智鬥勇的妹妹，更增加了這些幽默故事的戲劇性。蘇軾說：「吾上可陪玉皇大帝，下可陪田院乞兒。」這個睿智的學者、詩人、哲學家，用微笑消解了自己生命的苦楚，也一直在為我們消解生命的苦楚。

宋詞小帖

蘇軾是個幽默大師，也是學者，所以很多關於他的幽默故事都有一定的文化涵養，若不知道相關典故就無法明白他的幽默之處。下面這則故事你能看懂其中的笑點嗎？

蘇軾為官的時候，一次有個人想請蘇軾幫他辦一些不合規定的事，蘇軾不願意幫他辦。這個人就想去找蘇軾的弟弟蘇轍。蘇軾說：這樣吧，我給你講個故事。從前，有一個盜墓的人，經常盜掘古墓求取財寶。有一天他發現一個古墓，正在挖掘的時候，出現了一個瘦削的白鬍子老人，盜墓者問老人是誰，老人說我就是這墓的主人。你最好不要白費力氣了，我這個墓裡什麼東西都沒有。盜墓者問道你叫什麼名字，老人說我是伯夷。盜墓者聽了之後只好停手，準備去挖旁邊的一座墓，老人說，你也別白費力氣了，那座墓是我弟弟的。

這個人聽完蘇軾講的故事之後笑了，打消再去找蘇轍幫忙的念頭。

你知道這個故事的笑點在哪裡嗎？

賀鑄長相奇醜，卻有一個清新唯美的外號：賀梅子

——一川煙草，滿城風絮。梅子黃時雨

宋代很多詞人都有外號，比如宋祁外號「紅杏枝頭春意鬧尚書」，張先外號「張三影」等。而另一位詞人賀鑄卻有一個非常清新唯美的外號：賀梅子。只聽這個外號，大家也許會以為賀鑄是一位英俊帥氣、瀟灑多情的翩翩佳公子，可是根據陸游的記載，賀鑄其實長得很醜，他「面藍如鬼」，當時的人都稱他「賀鬼頭」。那麼，這樣一個長相奇醜的人為什麼會有這樣一個清新唯美的外號呢？賀鑄據說是唐代著名詩人、書法家賀知章的後裔，也是宋代賀皇后的族孫，血統高貴。賀鑄從小就有雄心大志，希望能闖出一番事業。可是，他一生只做過地位低下的武官。

宋代從立國之初就確定了重文輕武的國策，宋代武官的地位十分低下，因此賀鑄的一

生可以說是鬱鬱不得志。他說自己文武全才，武能夠赤手抓住老虎，文能下筆千言滔滔不絕（「縛虎手，懸河口」），他很希望能像李白一樣，有一天得到皇帝的詔書請他進宮，然後自己「仰天大笑出門去，我輩豈是蓬蒿人」，可是這樣的機會一直沒能等到，賀鑄更像是唐代困頓一生最後鬱鬱而死的李賀，悲嘆「衰蘭送客咸陽道，天若有情天亦老」。

身世的沉淪使賀鑄心中充滿了憂愁，他把這種憂愁注入筆端，於是寫出一首當時人們就廣為傳唱，至今仍然膾炙人口的名篇：

〈**橫塘路** 青玉案〉

凌波不過橫塘路。但目送、芳塵去。錦瑟華年誰與度。月橋花院，瑣窗朱戶。只有春知處。

飛雲冉冉蘅皋暮。彩筆新題斷腸句。試問閒情都幾許。一川煙草，滿城風絮。梅子黃時雨。

這首詞看上去像是一首愛情詞。上闋寫心目中的那個女子，就像曹植筆下的宓妃一樣，踏著凌波微步，嫋嫋裊裊地走遠了，只留下我目送她的目光。從此以後，美好的生活不知道能與誰一起度過，月光下的小橋，開著鮮花的水榭，雕刻著花紋的紅色窗戶，這一切現在都沒有了意義，因為心中的那個人已經遠離。下闋說，雲卷雲舒，城郊日色將晚，我拿起彩色的筆，寫下思念你到斷腸的句子。想問問我的閒愁有多少？就像這一川的煙草，就像這滿城的風絮，就像這黃梅時節下起的淅淅瀝瀝的小雨。

這首詞最為人歎賞的是最後一句，憂愁本來是沒有重量、沒有形狀，更沒有大小的，但是賀鑄一連用了三個比喻，竟然將無形的憂愁寫出了形狀、重量和聲音。一川飄飛的煙草，似乎是憂愁籠罩，無邊無際，無處可逃；滿城風絮，似乎是憂愁讓人迷茫不定，充塞天地，似乎沒有重量，卻又沉沉地壓在心上；黃梅時節家家雨，淅淅瀝瀝，點點滴滴都滴在心頭，像是憂愁每時每刻都在提醒自己。

有人說，賀鑄的愁是被那個女子引發的。那天，她娉娉婷婷地走過那條湖邊的小路。詞人無法趕上她，只能呆呆地望著她的背影漸漸遠去。她經過的小徑上，如散花一般，散下了一路的愁緒，詞人跟隨她的足跡，將愁緒的花瓣撿拾起來，編成詞的花環，等待她下次路過。李清照所說的「一種相思，兩處閒愁」，大概就是這般如花的愁？

還有人說，賀鑄的愁緒是被自己的身世引發的。有什麼哀愁能抵得上這生命與時代的錯位？一身武藝無法施展，滿腹文采只能用來賞花吟月，忍看年華老去卻一事無成。偶遇的女子，其實是詩人心中那永遠夢想的化身，與屈原筆下的香草美人一樣，寄託的不是愛情，而是詩人對理想中的那個自己的期待。多年以後，跟賀鑄有極其相似生命感悟的辛棄疾在他的

〈摸魚兒〉中寫道：「閒愁最苦！休去倚危欄，斜陽正在，煙柳斷腸處。」

也許，探究詞人愁的原因並沒有任何意義，每個人的憂愁都只能屬於自己，別人無法複製，不管這種愁是自君別後的憂傷，還是壯志難酬的悲涼，都沒有必要猜測。每個人的憂傷內容可以是不同，但是憂愁的感覺卻經常是一樣的。那種極封閉又極空曠，極平靜又極躁動，極空虛又極沉重的感覺，就是憂愁。一川煙草，滿城風絮，迷茫的雙眼似乎在期待，但是又不知道自己到底在期待什麼。淅淅瀝瀝的雨從容不迫地敲打著庭院裡的芭蕉，也敲打在詞人的心上。

據說，此詞一出，人們都對最後一句讚不絕口，賀鑄也得到個雅號：賀梅子。

賀鑄年輕時豪爽任俠，成年卻長期居於下僚，心中充滿憂憤，最能代表這種心情的就是〈六州歌頭〉。

〈六州歌頭〉

少年俠氣，交結五都雄。肝膽洞，毛髮聳。立談中，死生同，一諾千金重。推翹勇。矜豪縱。輕蓋擁。聯飛鞚。斗城東。轟飲酒壚，春色浮寒甕。吸海垂虹。閒呼鷹嗾犬，白羽摘雕弓。狡穴俄空。樂匆匆。

似黃粱夢。辭丹鳳。明月共。漾孤篷。官冗從。懷倥偬。落塵籠。簿書叢。鶡弁如雲眾。供粗用。忽奇功。笳鼓動。漁陽弄。思悲翁。不請長纓，系取天驕種。劍吼西風。恨登山臨水，手寄七弦桐。目送歸鴻。

宋朝最會描寫春天的詞人當屬黃庭堅！

——春歸何處。寂寞無行路

讀幼稚園的時候，相信很多人都聽過這首很好聽的兒歌：

春天在哪裡呀？春天在哪裡？
春天在那青翠的山林裡，
這裡有紅花呀，這裡有綠草，
還有那會唱歌的小黃鸝……

這首歌描寫了春天美好的景物：山林、紅花、綠草以及可愛的黃鸝，歌詞清新，旋律優

美，節奏活潑，幾十年來一直是小朋友們喜歡的歌曲之一。可是你知道嗎？這樣描寫春天美景的歌，其實在宋朝就出現了，那麼它是誰創作的呢？

宋朝這首「歌」的詞作者是黃庭堅。

黃庭堅是個自幼就聰明好學的孩子，據說他讀書幾遍就能背誦。一次他的舅舅李常來訪，隨意取書架上的書問他，黃庭堅都能成誦，李常十分驚奇，認為他是一日千里之才。我們熟知的唐朝神童駱賓王七歲就寫出了〈詠鵝〉，而黃庭堅七歲也寫出了一首〈牧童詩〉：

〈牧童詩〉

騎牛遠遠過前村，短笛橫吹隔隴聞。
多少長安名利客，機關用盡不如君。

黃庭堅還是一個書法家，北宋著名的書法四大家「蘇黃米蔡」，蘇指的是蘇軾，而黃指的就是黃庭堅，他的書法作品至今仍然廣泛流傳。在詩歌方面，黃庭堅的成就也很高，他是江西詩派的創始人，與蘇軾合稱「蘇黃」。黃庭堅還是蘇門四學士之一。蘇門四學士指的是四位敬佩蘇軾，把蘇軾當成老師的文人，他們是秦觀、黃庭堅、晁補之和張耒。

而剛才我們說到的那首描寫春天的詞，就是黃庭堅的〈清平樂〉：

〈清平樂〉

春歸何處。寂寞無行路。若有人知春去處。喚取歸來同住。

春無蹤跡誰知。除非問取黃鸝。百囀無人能解，因風飛過薔薇。

在黃庭堅的筆下，春天就像一個悄悄地來，又悄悄地離開的調皮好友，當她離去的時候，我們都不知道她去了哪裡。於是我們希望，如果誰看到了春天，就捎話給她，讓她回來和我們永遠住在一起，這樣大地上永遠是綠草鮮花，永遠是和風細雨，那該有多好！

可是誰又能知道春天到底去了哪裡呢？哦，有一種鳥兒一定知道，春天來的時候，牠就一直陪伴在身旁，春天去了哪裡，牠心裡一定明白，這就是可愛的小黃鸝。小黃鸝聽到我們的問話，回答了我們的問題，可是牠婉轉的鳴叫聲誰都聽不懂，小黃鸝也失去了耐心，趁著一陣風，飛過薔薇花，而這薔薇花無聲地告訴我們：別去費心找春天，夏天已經來到了。

把黃庭堅的〈清平樂〉與〈春天在哪裡〉對照後，你是不是覺得非常相似呢？

這首詞當時就很受歡迎。詞人王觀就非常喜歡這首詞，還化用這首詞的意境寫了另一首詞：

〈**卜算子** 送鮑浩然之浙東〉

水是眼波橫，山是眉峰聚。欲問行人去那邊，眉眼盈盈處。
才始送春歸，又送君歸去。若到江南趕上春，千萬和春住。

王觀的一個好朋友鮑浩然要去浙江，那裡是著名的江南水鄉，也是春天常駐的地方。這首詞說：盈盈的春水就像少女美麗的眼波，淡淡的青山就像少女的眉毛，我的朋友啊，你要去哪裡呢？就是去那眉眼盈盈的江南福地啊！

我們剛剛送走了春天，現在又要送走你，要是你到江南正好碰上春天，一定要留住春天，讓她和你一起住下啊！

宋詞小帖

黃庭堅的名句「桃李春風一杯酒，江湖夜雨十年燈」出自哪首詩？

黃庭堅雖然才華蓋世，但是他的個性倔強，不願意攀附權貴，再加上他是蘇門四學士之一，蘇軾被貶，他也受牽連，所以他一生仕途不順，多次被貶。但是他始終沒有屈服，更不後悔。晚年的時候，他寫了一首〈寄黃幾復〉，這首詩回顧了自己坎坷的一生，表達了對人生的感慨，也表現出他始終沒有被打垮的精神。

〈寄黃幾復〉

我居北海君南海，寄雁傳書謝不能。
桃李春風一杯酒，江湖夜雨十年燈。
持家但有四立壁，治國不蘄三折肱。
想得讀書頭已白，隔溪猿哭瘴煙藤。

詩詞中的傳統節慶

重陽節

——遙知兄弟登高處，遍插茱萸少一人。

古代哲學把萬物都分為陰和陽兩類，女人是陰，男人是陽；月亮是陰，太陽是陽；流水為陰，高山為陽，甚至數字都分為陰陽，一般偶數為陰，奇數為陽。古人認為最大的陽數就是九，而兩個九同時出現，就是重九，也就是重陽，這就是重陽節得名的原因。

重陽節的習俗是舉家登高、佩戴茱萸、飲菊花酒，關於這種習俗，還有一個傳說。

據說古代汝南一個叫桓景的人跟老師費長房學道，有一天費長房對他說：「九月九日，你家裡會有大災禍。你們一定要外出，讓家人每個人做一個紅色布袋，裝入茱萸，佩戴在手

臂上，登上高山喝菊花酒，就可以躲過這場災禍。」桓景按照老師說的做。傍晚全家人回來的時候，看見家裡養的雞犬牛羊都死了。從此，重陽登高、佩戴茱萸、飲菊花酒就成了一種習俗。

重陽節要舉家登高，因此這個節日自然也就成了家人團聚的一天，但是由於遊學、做官等經歷，有些人在重陽這一天卻無法與家人團聚，自然就更增添了一份思鄉之情。唐代的王維因為參加科舉考試，在重陽節就獨自流落在外，於是他寫下了著名的〈九月九日憶山東兄弟〉：

〈九月九日憶山東兄弟〉

獨在異鄉為異客，
每逢佳節倍思親。
遙知兄弟登高處，
遍插茱萸少一人。

家是人生的港灣，也是我們永遠的庇護所，有家的日子，我們心裡就多一份寧靜，也多一份安全感，所以，每到重大節日，中國的傳統總是希望家人團聚，共享天倫之樂。如果自己獨自在外，遇到節日，這種思念當然會不可抑制，即便是自己在家，如果自己思念的人在外，心裡也會牽掛不已，所以王維想像自己的兄弟們在重陽之日登高，大家都佩戴了茱萸，但是他們一定會說：王維今天不在家，真是太遺憾了！宋代的女詞人李清照，有一年的重陽節在家卻也不快樂，因為她的丈夫趙明誠不在家。

〈**醉花陰**〉

薄霧濃雲愁永晝。瑞腦消金獸。佳節又重陽，玉枕紗廚，半夜涼初透。
東籬把酒黃昏後。有暗香盈袖。莫道不消魂，簾捲西風，人似黃花瘦。

又是一年一度的重陽節，可是丈夫趙明誠因為公事不能陪在自己身邊，孤獨的李清照一個人無聊地待在家裡，香爐裡熏著香，好像天地都灰濛濛的，她思念丈夫，晚上睡著睡著就醒了，覺得到處都是冰涼的。她獨自在花園裡喝酒，花園裡菊花盛開，香氣鑽進了她的衣袖，可是丈夫還是沒有回來，思念丈夫的人已經日漸消瘦。

據說後來趙明誠回來之後看到妻子寫的這首詞，心中敬佩卻又不服氣，於是暗中寫了幾十首〈醉花陰〉，正好他們的好友，也是詞人的陸德夫來訪，趙明誠就把李清照的詞夾在自己的幾十首詞中給他看，陸德夫看完之後說：「這些作品，最好的就是這句：『莫道不消魂，簾捲西風，人比黃花瘦。』」趙明誠聽了之後默不作聲，但對妻子卻更加欽佩。

前面講到的黃庭堅，因為蘇軾被貶受牽連，被貶到偏僻荒涼的貴州，他住在大江邊的一間小破屋中，屋外江水奔騰，濤聲震天，破屋年久失修，一到下雨天就到處漏雨，住在裡面感覺就像乘著一隻小船在波濤裡沉浮。而到今年重陽節這天，下了好久的雨居然停了！陽光燦爛，人們紛紛走出家門，參加各種紀念活動，黃庭堅也興致勃勃加入他們的行列，他還在自己的白髮上插了一支黃菊，黃白相映，格外惹眼，有人嘲笑這個打扮過於「時髦」的老頭，黃庭堅不以為意，寫了這首〈定風波．次高左藏使君韻〉：

〈定風波　次高左藏使君韻〉

萬里黔中一漏天。屋居終日似乘船。及至重陽天也霽。催醉。鬼門關外蜀江前。

莫笑老翁猶氣岸。君看。幾人黃菊上華顛。戲馬台南追雨謝。馳射。風流猶拍古人肩。

重陽節已經有兩千多年的歷史，而現在，它又被賦予了新的含義。

二十世紀八〇年代起，現今有些地方把農曆九月初九定為老人節，倡導樹立尊老、敬老、愛老的風尚，一九八九年，中國將這一天定為「老人節」。二〇一二年十二月二十八日，中國全國人大常委會通過新修改的《老年人權益保障法》，以法律的明確方式，定每年農曆九月初九為老年節。所以，下次重陽節的時候，別光顧著爬山、戴茱萸，一定要記得家中的老人，好好陪伴他們哦！

哪位詞人在一夜風雨後，只擔心庭院的海棠花？

——知否。知否。應是綠肥紅瘦

我們都知道，古代男尊女卑，讀書、考科舉、中進士做官都是男人的事情，女子被要求大門不出二門不邁，甚至主張女子不能讀書，「女子無才便是德」，女人只應該學習針線刺繡，相夫教子，做好男人的賢內助。因此，在漫長的古代社會，女子在文學上嶄露頭角的機會十分稀少，但也不是沒有例外，比如一代才女李清照。

李清照出身官宦家庭，她的父親叫李格非，是蘇軾的學生，母親是狀元王拱辰的孫女，文學修養很高。李清照小的時候就在父母的悉心指導下學習詩詞，加上家庭文化氛圍的熏陶以及她自己的聰穎好學，李清照在少女時代就寫出了很多優秀作品，讓當時的男性文學家們都驚嘆不已。

要成為一個詩人，不僅要有駕馭文字的高超能力，還要有一雙善於觀察世界的眼睛和一顆敏感的心，年少的李清照這些都具備了。

一天清晨，李清照因為昨晚喝了點酒而睡得有些沉，醒來時天已經亮了，還沒起床，她心裡就牽掛著昨晚又是颳風又是下雨，院子裡的海棠花究竟如何了？她著急地詢問正在捲簾子的侍女，侍女滿不在乎地回答：「海棠花和昨天一樣呢！」李清照不高興了，說：「妳真是粗心啊，昨晚下那麼大的風雨，今天肯定葉子更加鮮嫩，但是花兒肯定被打落不少了。」後來李清照根據這件事，就寫了著名的〈如夢令〉：

〈如夢令〉

昨夜雨疏風驟。濃睡不消殘酒。試問捲簾人，卻道海棠依舊。知否。知否。應是綠肥紅瘦。

時光荏苒，李清照在父母的呵護下逐漸長大，已經成為一個亭亭玉立的少女。青春的萌動使她開始有了一些從未有過的期待，更多了一些緊張和羞澀。她暗地裡開始幻想，自己以後的生活會是什麼樣？會遇到一個怎樣的人？會過上怎樣的生活？但是這一切她都不敢跟任何人說，包括自己的父母，只能悄悄地埋在心底。但是她並不知道，她這種少女的春情萌動，父母早就看在眼裡，而且，她寫的詞也洩露了自己的心事。

一天春日，李清照在花園裡盪鞦韆，此時已是暮春，氣溫逐漸回暖，盪完鞦韆，汗水已經濕透了薄薄的春衣。李清照正在整理自己的時候，突然聽見僕人傳報有客人來拜見父親。還是少女的李清照慌忙奔向後院躲避，因為過於慌忙，腳上的襪子脫了一半，頭上的金釵也歪斜了。跑著跑著，李清照突然心裡想：來拜見爹爹的是什麼人呢？是上次來的那個長鬍子的老爺爺，還是以前來過的那個喜歡喝酒的大叔，或者會不會是一個英俊瀟灑的書生？想到這裡，她臉紅了，卻也更好奇，腳步也放慢了，她決定停下來看看來的究竟是誰。可是自己是官宦人家的千金大小姐，這樣拋頭露面是會被別人笑話的。情急之下，李清照假裝低頭嗅門邊的青梅，同時偷偷抬頭窺探。

這就是李清照少女時期最著名的代表作〈點絳唇〉：

〈點絳唇〉

蹴罷鞦韆，起來慵整纖纖手。露濃花瘦，薄汗輕衣透。

見客入來，襪剗金釵溜。和羞走。倚門回首，卻把青梅嗅。

雖然少女時代的李清照一直生活在父母的保護之下，但是她的才名卻早已傳出了高牆，傳到文人們的耳朵裡，更傳入了一個青年人的耳朵裡，這個青年人是誰呢？

宋詞小帖

李清照的〈點絳唇〉描寫羞澀可愛的少女形象，不過裡面卻很巧妙地使用了一個典故，有看出來嗎？

李清照在這首詞裡使用的典故就是「青梅」。出自唐代大詩人李白的〈長干行〉，這首詩寫的是一對從小一起長大，後來結婚的夫妻堅貞動人的愛情。詩的開頭寫道：

妾髮初覆額，
折花門前劇。
郎騎竹馬來，
繞床弄青梅。
同居長干里，
兩小無嫌猜。

後來，人們便把從小一起長大的情侶或者夫妻稱為「青梅竹馬」。而李清照詞裡的「嗅青梅」，其實也含蓄地表達了少女對愛情的朦朧嚮往與追求。

李清照夫妻閒暇最愛玩的遊戲是「賭書」

——賭書消得潑茶香，當時只道是尋常

納蘭性德，字容若，是清代著名的詞人，他在清代詞壇上地位很崇高，在整個古典文學史上也十分有名，大學者王國維先生曾評價他「北宋以來，一人而已」。納蘭流傳至今的詞作中，有一首〈浣溪沙〉是紀念他去世的妻子，十分感人：

〈浣溪沙〉

誰念西風獨自涼，蕭蕭黃葉閉疏窗，沉思往事立殘陽。
被酒莫驚春睡重，賭書消得潑茶香，當時只道是尋常。

這首詞尤其以其下闋感人至深，可是你知道其中的「賭書消得潑茶香」一句，其實說的就是李清照嗎？

前面說過，李清照還在少女時期，她的才名就已飛出了高牆大院為人們所知，也被一個青年人聽到，這個人就是太學生趙明誠。趙明誠也出身官宦世家，他的父親叫趙挺之，後來做了宰相，當時擔任吏部侍郎。有一天，趙明誠對父親說：「父親，昨夜我做了一個夢，夢見我在朗誦一首詩，但是醒來的時候只記得三句了。」

趙挺之問：「哪三句？」

趙明誠說：「『言與司合，安上已脫，芝芙草拔』，孩兒不知道是什麼意思。」

趙挺之大笑：「言與司合在一起就是『詞』字；安字把上面去掉是『女』字，芝芙二字將上面的草字頭去掉就是『之夫』兩個字，這個夢是說你應該娶一個女詞人當妻子。」可是，誰是女詞人呢？縱觀當時，只有一個女子享有詞女之名並且還待字閨中，這就是李格非的女兒李清照。

於是，趙挺之立即向李家提親，兩家本是門當戶對，父輩之間交情也不錯，於是一拍即合，十八歲的李清照就嫁給了二十歲的趙明誠。

李清照的婚姻生活，甚至比她預想的還要幸福。她的人生之舟告別了少女的渡口之後，來到了更甜蜜的愛情港灣。嬌憨的少女成了美麗的新娘，她臨水照花，對鏡描眉，買來一朵尚帶露珠的鮮花，插上鬢角，對著夫婿撒嬌：「怕郎猜道，奴面不如花面好。雲鬢斜插，徒要叫郎比並看。」（〈減字木蘭花〉）

更重要的是，兩人有著共同的情趣愛好——金石古書畫。李清照後來回憶，趙明誠當太學生的時候，每次放假回家，都會先當掉衣服換點錢，然後到相國寺買碑文和水果、點心。回家後夫妻賞字品果，雖然寒素，卻其樂無窮。後來趙明誠當官有了俸祿，兩人節衣縮食，把節省下來的所有錢都用來購買古書古畫、銅器碑帖，家裡的金石碑刻日益堆積，落落大滿。

不過，夫妻倆平時最愛玩的遊戲還是「賭書」。所謂賭書，就是每次飯後，夫妻倆便煮茶，指著堆積的古書，賭哪件事在哪本書哪一頁甚至哪一行。李清照的確是才女，過目不忘，勝時居多，每次勝利後，她都掩飾不住自己的得意，端茶大笑，以至於茶被潑灑在衣服上，結果誰也喝不成。

很多年後，北宋滅亡，丈夫去世了，李清照一個人逃難到南方，和丈夫窮盡半生蒐集的金石古畫也損失殆盡，這時候，回想起過去賭書的快樂，才知道當時的幸福是多麼可貴。

納蘭容若就是借用了李清照的這個典故，回想妻子在世時的點點滴滴，那些事情當時覺得都是稀鬆平常，現在失去了，才知道它們的可貴！

宋詞小帖

李清照不僅是詞人，也是文藝批評家，她批評前輩詞人毫不留情，連蘇軾也不放過。她是怎麼評價前輩詞人的？

李清照的父親李格非是蘇軾的學生，從輩分上說她應該是蘇軾的徒孫了。不過李清照在文學上卻從不甘人後，她不僅自己寫詞，而且點評前輩作家，連蘇軾都敢批評：

前輩詞人	**李清照的評價**
南唐李璟、李煜、馮延巳	語言雖然奇妙，但是很多亡國之音
柳永	雖然音韻協調，但是語言粗俗
張先、宋祁兄弟等	雖然時時有妙語，但是破碎不足以稱名家
晏殊、歐陽修、蘇軾	不過是長短不一的詩，而且不合音律
晏幾道	鋪敘不夠
賀鑄	典雅莊重不足
秦觀	抒情不錯，內容不足，像貧家美女，雖然漂亮，卻少富貴態

黃庭堅　內容充實，但是小毛病太多，就像美玉有瑕疵，價值就減半了

從上面可以看出，李清照對前輩詞人毫不留情地進行了點評，很多觀點其實是點中這些名家的弊病。不僅如此，李清照還提出了自己的觀點：「詞別是一家。」所以說，李清照不僅是個偉大的女詞人，更是一個見解獨到的文學理論家。

晚年的李清照為何境遇悽慘？

——尋尋覓覓，冷冷清清，淒淒慘慘戚戚

李清照出身名門，從小便接受了良好的教育，成年後又與趙明誠結為夫妻，兩人不僅感情深厚，而且有共同的愛好，因此他們的家庭生活十分美滿，宛如神仙眷侶，羨煞旁人。可是，晚年的李清照境遇卻十分悽慘，這是為什麼呢？

李清照晚年境遇悲涼，是因為她接連遭受了四大打擊。

第一，北宋滅亡。一一二七年，金兵攻破汴梁，俘虜了宋徽宗和宋欽宗，曾經輝煌一時的北宋王朝慘遭敗亡，李清照的家鄉山東濟南也陷入戰火，迫使李清照跟著難民一起逃難。

第二，丈夫去世。金兵南下的時候，趙明誠因為官職在身，所以必須護送官府南逃，李清照則一人保護著他們夫妻多年蒐集的金石古物逃難。一一二九年，逃難中的李清照突然得到丈夫病重的噩耗，李清照心急如焚地趕去探望，兩個月後丈夫就離開了人世。

第三，金石喪盡。南渡之時，按照丈夫的囑咐，李清照將歷年蒐集的金石古物千挑萬選，裝了十多車運走，還剩下十多間屋子的古物放在故居，想等待下次運走，誰知她剛走，家鄉就陷入戰火，那十多間屋子的古物都被付之一炬。剩下的東西李清照備極珍惜，可是一個孤零零的弱女子怎麼有能力保護這十多車珍寶？在逃難途中，或被偷，或被搶，或被勒索，或被騙走，這些夫妻倆千辛萬苦蒐羅來的、記載著他們曾經美好生活和深摯感情的古物最後幾乎蕩然無存。

第四，改嫁受騙。李清照南渡之後，因為國破家亡，丈夫暴死，孤苦無依，曾經短暫地改嫁給一個叫張汝舟的人。但是單純的李清照並不知道，張汝舟娶她只是因為聽說她手裡有很多古物，希望藉此大發一筆。結婚後他發現李清照幾乎兩手空空，於是原形畢露。不僅對李清照惡語相加，還施以暴力，李清照無法忍受。而張汝舟一次喝醉後炫耀自己以前考場作弊的事情，李清照便向朝廷告發此事。朝廷調查核實之後，張汝舟被判流放。按照宋朝法律，妻子告發丈夫，即便情況屬實，妻子也要被判罪，因此李清照被判入獄兩年。幸好有朋友相助，李清照入獄九天就被放出。但是這件事情在當時卻成為人們的笑柄，李清照從此再也抬不起頭來。

李清照的晚年十分孤獨。她曾經想把自己的一身才學傳給合適的後人，她看中一個十五六歲的小女孩，想教她寫詞，誰知道小女孩說：「女子就只應該學習女紅之類的事情，舞文弄墨不是女子應該做的事。」這個拒絕了李清照的女孩，後來成為陸游的夫人。

國破家亡，丈夫去世後，李清照孤苦無依地在這世上活著。每年的春天都和以前一樣明媚，每年的秋天都和以前一樣爽朗，但是曾經深愛的人早已遠去，物是人非事事休，想說些什麼，卻欲語淚先流。

又到了暮秋，西風淒涼，獨自一人的李清照已經到了晚年，她一個人在庭院裡低頭走著，像是丟了什麼東西在尋找，庭院裡冷冷清清，讓人感覺更為悽慘。前幾天還是陽光普照，這兩天就突然寒冷，這讓李清照有點不知道怎麼處理。想喝杯酒禦寒，但是酒力已經擋不住這早晨的寒風。天空傳來一陣鳴叫，年老的李清照艱難地抬起頭，努力睜著昏花的眼睛張望，原來是一群大雁正從高空飛過。李清照想，那裡面是不是有一隻是自己認識的？

丈夫在世的時候，李清照曾經託大雁給深愛的夫君送過信，可是現在大雁還在，信卻不知道還能送給誰。一陣秋風吹來，枝頭的黃菊又被吹落不少，凋殘的花瓣一片狼藉地堆在地上，枝頭的菊花已經殘敗不堪，也沒有誰會去摘下了。李清照回到屋內，坐在窗邊，時間總是如此緩慢難熬，不知道什麼時候天才黑，天黑了，一覺睡去，也許就不那麼難受。可是黃昏時下起了小雨，雨聲淅淅瀝瀝，雨滴打在梧桐樹上，滴在庭院裡，那滴答滴答的聲音更讓人無法入睡。白天愁，夜晚也愁，這種境況，怎麼是一個愁字能夠說得清楚的啊！

〈聲聲慢〉

尋尋覓覓，冷冷清清，淒淒慘慘戚戚。乍暖還寒時候，最難將息。三杯兩盞淡酒，怎敵他、晚來風急。雁過也，正傷心，卻是舊時相識。

滿地黃花堆積，憔悴損，如今有誰堪摘？守著窗兒獨自，怎生得黑！梧桐更兼細雨，到黃昏、點點滴滴。這次第，怎一個愁字了得！

李清照的詩〈夏日絕句〉到底說的是什麼？

〈夏日絕句〉

生當作人傑，
死亦為鬼雄。
至今思項羽，
不肯過江東。

這是李清照的名作，這首詩借詠歎項羽不肯投降劉邦受辱而自刎烏江的事情，表達了李清照對英雄的讚美，也表達了對軟弱無能者的批判。但是有資料顯示，這首詩其實真正批判的是李清照的丈夫趙明誠。

一一二八年，趙明誠被任命為京城建康知府。上任後不久，一天深夜，城裡發生叛亂。趙明誠不但沒有率領士兵平定叛亂，反而從城上縋城而下，倉皇逃走。事後，趙明誠被撤職，家族為之蒙羞。夫婦倆沿長江而上，路過烏江項羽自刎處時，李清照寫下了這首詩。

不能不認識的宋代女詞人還有誰？

——相思欲寄無從寄，畫個圈兒替

我們都知道，古代重男輕女，讀書、考科舉、做官都是男人的事情，女子只能待在家裡，大門不出二門不邁，相夫教子，做針線活，所以大多數古代女子是沒有像男人那樣受教育的，當然成為著名詩人、詞人的就很少。不過宋代仍然出現了像李清照那樣一流的女性詞人。那麼，宋代除了李清照之外還有哪些著名的女詞人呢？

首先要說的是朱淑真。

朱淑真是除了李清照外宋代最有名的女詞人，而且據說她不僅詞寫得好，書畫造詣也很高。用現在的話來說，是一個不折不扣的文藝女青年。不過關於她的生平，後世記載卻很少，這可能不僅與她的性別有關，也和她家庭的地位有關。

據說朱淑真是錢塘人，也就是現在的杭州人。她從小就喜歡文藝，可是前半生的運氣不如李清照，家裡把她嫁給了一個衙門裡的小官吏，丈夫成天關心的就是如何溜鬚拍馬往上爬，對詩詞歌賦這些東西沒有一點興趣。朱淑真跟丈夫毫無共同語言，她的婚姻生活也就十分不幸。於是她把自己的苦惱和對幸福生活的嚮往全部寄託在詩詞裡。這些詩詞後來被家人發現，他們認為朱淑真對丈夫不忠，於是這個可憐的女詞人更是陷入了絕望的深淵，以致很年輕就鬱鬱而死。她死前，父母覺得她的作品簡直傷風敗俗，竟然把她的詩詞全部付之一炬。後來有人蒐集了她流傳在民間的作品，編成《斷腸集》兩卷。

朱淑真最有名的作品就是〈生查子〉，不過也有人說這是歐陽修的作品：

〈生查子〉

去年元夜時，花市燈如晝。月上柳梢頭，人約黃昏後。

今年元夜時，月與燈依舊。不見去年人，淚濕春衫袖。

據說有一次朱淑真給在外地的丈夫寫信，丈夫收到信卻發現，上面全是畫的圈圈，一個字也沒有。後來仔細看，才在夾縫裡看見了一首詞：

〈圈兒詞〉

相思欲寄無從寄，畫個圈兒替；話在圈兒外，心在圈兒裡。
我密密加圈，你須密密知儂意：單圈兒是我，雙圈兒是你；整圈兒是團圓，破圈兒是別離。
還有那說不盡的相思，把一路圈兒圈到底。

據說朱淑真的丈夫看到這首詞之後，知道了妻子對自己的思念，馬上回家和她團聚。

南宋還有一個著名的女詞人嚴蕊，她的經歷就更悽苦了。

嚴蕊出身低微，自小習樂禮詩書，後淪為官府的歌妓。她天資聰穎，勤奮好學，在詩詞、書法、繪畫等方面都有很高造詣，與當時的一些官員也有來往。但是宋朝法律規定，官妓不能與官員有私情。於是當時的浙東常平使，也是著名的儒學家朱熹為了打擊論敵，便誣陷嚴蕊與當時的台州知府唐仲友有私情，並把嚴蕊逮捕下獄，嚴加拷問。嚴蕊雖是個女子，性格卻十分剛烈，在獄中她受盡了折磨，堅決不承認與唐仲友有私情。

後來這個案子甚至驚動了皇帝，他派岳飛的孫子岳霖來審理此案，岳霖後來辨明了嚴蕊的冤屈，宣布將她無罪釋放。當嚴蕊離開的時候，岳霖問她以後的去向，嚴蕊寫下一首非常有名的〈卜算子〉：

〈卜算子〉

不是愛風塵，似被前身誤。花落花開自有時，總是東君主。
去也終須去。住也如何住。若得山花插滿頭，莫問奴歸處。

由此可見，在古代，女孩子即使天資聰明又勤奮學習，也是無法走上社會實現自我的。現在男女平等了，女孩子能和男孩一起上學、一起工作，甚至在很多地方超過男孩子。這可以說是這個時代的幸運的事了。

宋詞小帖

朱淑真和嚴蕊都是南宋著名的女詞人，除了前面提到的作品，她們還有哪些代表作品呢？

朱淑真的詞除了〈生查子〉之外，下面這首也很有名：

〈蝶戀花 送春**〉**

樓外垂楊千萬縷。欲系青春，少住春還去。猶自風前飄柳絮。隨春且看歸何處。

綠滿山川聞杜宇。便做無情，莫也愁人苦。把酒送春春不語。黃昏卻下瀟瀟雨。

嚴蕊的代表作則有這首〈如夢令〉：

〈如夢令〉

道是梨花不是。道是杏花不是。白白與紅紅，別是東風情味。曾記。曾記。人在武陵微醉。

這首〈如夢令〉詠歎的是一種花，你知道是什麼花嗎？

答案：桃花

唐婉與夫婿陸游鶼鰈情深，卻爲何走上離婚一途？

——一懷愁緒，幾年離索。錯錯錯。

南宋著名愛國詩人陸游二十歲的時候與表妹唐婉結為夫妻，婚後兩個人感情很好。可是陸游的母親認為陸游沉迷於兒女情長荒廢學業，耽誤了他考科舉，於是讓兩人離婚。陸游極力反對，但是母命難違，只好與唐婉離婚，他們的婚姻只維持了兩年。唐婉離婚後，改嫁給一個叫趙士程的人，陸游也另娶妻子，生了三個孩子。在他們離婚十一年之後，陸游有一天偶然到紹興的沈園遊玩，正好碰上唐婉和趙士程，兩人見面，感慨萬端，卻又無法說話。陸游獨自在一旁喝酒，過了一會兒，唐婉派僕人給陸游送來酒菜。陸游喝著前妻送來的酒，想起彼此曾經有過的美好時光，無法排遣內心的悲哀，於是在沈園的牆壁上寫下一首詞，這就是著名的〈釵頭鳳〉：

〈釵頭鳳〉

紅酥手。黃縢酒。滿城春色宮牆柳。東風惡。歡情薄。一懷愁緒，幾年離索。錯錯錯。
春如舊。人空瘦。淚痕紅浥鮫綃透。桃花落。閒池閣。山盟雖在，錦書難托。莫莫莫。

這首詞從唐婉派人送來的酒寫起，想起以前兩人在一起的時候，唐婉也曾用美麗的雙手捧著酒端給自己。可是現在，春色滿園，楊柳依依，景色美麗，人已遠離。這一切都怪自己的母親，強逼著兩人分開，這一分開，便是咫尺天涯，這是何等的錯誤！

春天還是那樣美麗的春天，可是人卻日漸消瘦，離別之後，每天以淚洗面，絲絹的手帕已經被淚水浸透。桃花片片凋落，曾經一起遊覽的池閣不再留下我們的腳印，我們的海誓山盟猶然在耳，而現在卻連給你寫封信都不可能了！

這首詞上闋的三個「錯」，下闋的三個「莫」，既是憤怒的控訴，也是悲傷的追悔，陸游把所有的感情都灌注在這首詞裡，後人每當吟詠這首詞，彷彿也能看見陸游悲傷而憤怒的臉。

這首詞後來被唐婉看見了，她也心碎欲絕，回去之後也和了一首〈釵頭鳳〉：

〈釵頭鳳〉

世情薄。人情惡。雨送黃昏花易落。曉風乾。淚痕殘。欲箋心事，獨語斜闌。難難難。

人成各。今非昨。病魂嘗似鞦韆索。角聲寒。夜闌珊。怕人尋問，咽淚裝歡。瞞瞞瞞。

唐婉在這首詞裡說，自己已經身患重病，再加上受到與陸游相見後的刺激，不久後就鬱鬱而終了。陸游與唐婉淒美的愛情故事，因為沈園之會而為人熟知，這兩首〈釵頭鳳〉也因此被後人反覆詠唱。

陸游活了八十多歲，在他漫長的一生中，經常會想起曾經深愛的妻子，想起與妻子在沈園見的最後一面。開禧元年，陸游已經八十一歲，這天，他又夢見沈園，夢醒之後，他這樣寫道：

路近城南已怕行，沈家園裡更傷情。

就在陸游去世前一年，他又來到了沈園，數十年的風雨並沒有讓這段刻骨銘心的感情有絲毫的淡漠，反而在詩人的生命裡鐫刻下不可磨滅的印記，耄耋之年的老人回想起年輕時的這段戀情，寫下了〈春遊〉一詩。

〈春遊〉

沈家園裡花如錦，半是當年識放翁。
也信美人終作土，不堪幽夢太匆匆。

宋詞小帖

沈園在現在哪裡？

沈園位於紹興市越城區春波弄，是南宋時一位沈姓富商的私家花園，又名「沈氏園」。園內亭台樓閣，小橋流水，綠樹成蔭，一派江南景色。現在沈園被劃分為中國《旅遊景區質量等級的劃分與評定》國家標準的五A級旅遊景區，是紹興歷代眾多古典園林中唯一保存至今的宋式園林。

沈園分為古蹟區、東苑和南苑三大部分，有孤鶴亭、半壁亭、雙桂堂、八詠樓、宋井、射圃、問梅檻、釵頭鳳碑、琴台和廣耜齋等景觀。一九六三年被確定為浙江省文物保護單位。

愛國詩人陸游爲什麼自號「放翁」？

——胡未滅，鬢先秋。淚空流。此生誰料。

陸游最初參加科舉沒有考中進士，但是由於他是官宦之後，按照當時的法律規定，他還是被補為登仕郎。之後，他又參加了現任官員才能參加的鎖廳試。這次考試，他正好和秦檜的孫子一起參加考試，為了讓孫子以後能飛黃騰達，秦檜事先就囑咐主考官把自己孫子列為狀元，誰知道主考官陳阜卿在批閱試卷的時候對陸游的文筆讚不絕口，竟然把陸游列為狀元！秦檜知道後大怒，在第二年禮部會試的時候，就把省試第一的陸游刷下，讓自己的孫子高中狀元，於是陸游又再一次落榜了。

秦檜陷害陸游，不僅是因為陳阜卿沒有照顧自己的孫子而讓陸游成為第一，還因為陸游在試卷中慷慨激昂地高呼堅決抗金，收復故土，而這恰恰戳中了秦檜等主和派的痛處。

可是，陸游低估了南宋朝廷的腐朽和懦弱，在金兵揚言將率兵南下攻打南宋時，迫於形勢，高宗也曾力主抗敵，可是當金兵北撤，攻勢暫時停止時，南宋朝廷又把杭州當作汴州了。

在大多數朝廷大臣都醉生夢死、不思進取的時候，陸游挺身而出的呼號讓他們都感到渾身不自在，陸游曾經在大將范成大的幕府中做參謀，由於他力主抗金，周圍的很多同僚排擠他，說他「頹放」，意思是狂妄自大，不可一世。陸游知道後，不但沒有妥協，反而給自己起了一個號叫「放翁」，表示自己堅決不屈服的態度。

陸游為抗金奔走倡議了一輩子，苟安江南的南宋朝廷卻始終沒有收復故土、洗雪前恥的行動。

晚年的陸游居住在河南，想起年輕的時候一身戎裝守衛邊疆的經歷，想起那時候渴望建功立業報效國家的夢想，可是現在戎裝已經放在家裡多年，蒙上了厚厚的一層灰塵，年少時的理想成為一個永遠無法實現的夢。敵人沒有消滅，自己鬢髮已經斑白，只剩下為北方淪陷區的老百姓白白流下的眼淚。陸游長嘆：誰能料想，我的心還在抗金前線，可是我的身體已經在這裡漸漸老去了。

〈訴衷情〉

當年萬里覓封侯。匹馬戍梁州。關河夢斷何處，塵暗舊貂裘。
胡未滅，鬢先秋。淚空流。此生誰料，心在天山，身老滄洲。

日子一天天地過去，陸游一天天地衰老，可是樂不思蜀的南宋朝廷卻沒有任何變化。陸游這個老人在很多大臣的眼裡，更成為一個不識時務、舉止怪異的老頭：放著好好的日子不過，偏要一天到晚想著如何恢復中原，北伐抗金，這不是腦子有毛病是什麼呢？陸游已經成為別人眼中的異類，受到打擊和排擠也是情理之中的事情了。

可是陸游並沒有後悔。他堅信，有些情懷和理想是根植於人的內心的，永遠不能改變。

一天，在一個驛站外的斷橋邊，他看見了一棵寂寞的梅花，這棵無主的梅花得不到人們的辛勤澆灌和悉心照料，憑著自己的堅持和倔強生長在這貧瘠的土地上，黃昏來臨，風雨交加，它毫不畏懼，獨自對抗著大自然的考驗。

它已經熬過了冰天雪地的折磨，迎來東風和煦的春天，所有的花兒一時間嘰嘰喳喳，爭相開放，可是這株梅花也沒有想與其他花一起爭奪春天的寵愛，只是默默地生長著。最後梅花凋落在驛路上，被車輪碾作塵土，但是它的清香卻不會消散。

〈**卜算子** **詠梅**〉

驛外斷橋邊，寂寞開無主。已是黃昏獨自愁，更著風和雨。
無意苦爭春，一任群芳妒。零落成泥碾作塵，只有香如故。

陸游活了八十五歲，一生為愛國奔走呼告的他，最終也沒能看到朝廷出師北伐、恢復中原的那一天。臨死的時候，他留下一首〈示兒〉，這也成為這位偉大愛國詩人的絕筆。

〈**示兒**〉

死去原知萬事空，但悲不見九州同。
王師北定中原日，家祭無忘告乃翁。

宋詞小帖

陸游是南宋著名的愛國詩人，留下一萬多首詩，其中有很多愛國名句，你知道哪些呢？

遺民淚盡胡塵裡，南望王師又一年！〈秋夜將曉，出籬門迎涼有感〉

朱門沉沉按歌舞，廄馬肥死弓斷弦。〈關山月〉

公卿有黨排宗澤，帷幄無人用岳飛。〈夜讀有感〉

夜闌臥聽風吹雨，鐵馬冰河入夢來。〈十一月四日風雨大作〉

我亦思報國，夢繞古戰場。〈鵝湖夜坐書懷〉

三更扶枕忽大叫，夢中奪得松亭關。〈樓上醉書〉

楚雖三戶能亡秦，豈有堂堂中國空無人！〈金錯刀行〉

詩詞中的傳統節慶

冬至

——想得家中夜深坐，還應說著遠行人。

每年太陽直射南回歸線的這一天，北半球白天最短，黑夜最長，這一天就被稱為冬至。冬至在現在是一個節氣，在古代卻是一個非常重要的節日，因為古人認為這一天之後，白天漸漸變長，夜晚漸漸變短，陽氣回升，是一個節氣循環的開始，因此應當作為節日來慶賀。直到今天，很多地方也還有慶祝冬至的習俗，在這一天，北方有吃餃子、宰羊、吃餛飩的習俗，而在南方則有吃冬至米團、冬至長麵線的習俗，很多地方也在冬至這一天有祭天、祭祖的習俗。民間甚至有「冬至大於年」的說法，可見對冬至的重視。

早在三千多年以前，就測出了冬至日的準確時間，制訂出了周曆。而且從周到秦一直到漢代，人們都以冬至作為歲首，也就是說，那時候的新年不是春節，而是冬至。因為人們認為，冬至那一天代表冬天已經到頂點，之後逐漸轉暖，是大吉之日，把這一天作為一年的開始是最合適的。直到漢武帝採用夏曆，才把冬至和正月分開，從那時起，冬至才不再作為新年，而作為一個專門的節日。

冬至在傳統節慶是如此重要，古往今來，當然也有無數的詩人留下關於冬至的詩詞。

唐代大詩人白居易在某年冬至的時候正在邯鄲的驛站裡，夜晚天寒地凍，他一個人坐在燈前，寒意更增添了心中的孤獨。白居易不由得想到，此時此刻，家人大概正圍著溫暖的火爐坐在一起，他們聊天的內容，大半應該與自己這個在外奔波、勞苦疲倦的遠行人有關吧。

〈邯鄲冬至夜思家〉

邯鄲驛裡逢冬至，
抱膝燈前影伴身。
想得家中夜深坐，
還應說著遠行人。

唐代的另一位大詩人杜甫，因為安史之亂而逃難到四川，後來又到夔州，可是他的心裡無時無刻不在想著有朝一日能夠回到家鄉。時間一年一年過去，詩人一年一年衰老，但是回家的夢卻一年比一年更顯得渺茫。

杜甫在冬至這一天，拄著枴杖來到山頂眺望，只見白茫茫一片，大雪覆蓋了山川。他想起以前在長安為官的時候，在紫宸殿，官員們散朝了，佩玉相擊，叮噹作響。可是現在自己客居他鄉，不知道什麼時候才能重回故都，重回家鄉啊！

〈冬至〉

年年至日長為客，忽忽窮愁泥殺人。
江上形容吾獨老，天邊風俗自相親。
杖藜雪後臨丹壑，鳴玉朝來散紫宸。
心折此時無一寸，路迷何處見三秦。

南宋的范成大也作過一首關於冬至的詞，描寫了當時人們慶祝冬至的情形。

〈**滿江紅** 冬至〉

寒谷春生，熏葉氣、玉筒吹谷。新陽後、便占新歲，吉雲清穆。休把心情關藥裹，但逢節序添詩軸。笑強顏、風物豈非痴，終非俗。

清晝永，使眠熟。門外事，何時足。且團欒同社，笑歌相屬。著意調停雲露釀，從頭檢舉梅花曲。縱不能、將醉作生涯，休拘束。

你的家鄉在冬至時有什麼習俗呢？

〈滿江紅〉是誰的名作？

——三十功名塵與土，八千里路雲和月

一一二七年，金兵攻破汴京，宋徽宗、宋欽宗被俘虜，金人把他們連同宗室、貴族、朝臣及工匠上萬人帶往北方，北宋滅亡。這件事發生在靖康年間，所以被稱為靖康之恥。

靖康之恥爆發的時候，岳飛年方二十四歲，他第三次投軍，加入劉浩軍中，和戰友們出生入死，奮勇殺敵，建功無數，很快就成了令金人聞風喪膽的名將。岳飛自小受到母親的嚴格教育，母親在他背上刺下「盡忠報國」（後世演義為「精忠報國」）四字為訓，岳飛也謹遵母親教誨，馳騁疆場，為國盡忠。自他從戎那一天起，洗雪國恥、驅除敵寇就是他心中最崇高的夢想。面對金人的凶殘和百姓的流離，他曾長嘆：「兵安在？膏鋒鍔。民安在？填溝壑。嘆江山如故，千村寥落。」（岳飛〈滿江紅．登黃鶴樓有感〉），更期望能「請纓提銳旅，

一鞭直渡清河洛」（同上）。在親提銳旅渡過長江時，他曾效仿祖逖擊楫中流的英雄氣概而發誓：「飛不擒賊，不涉此江！」

一一三〇年，岳家軍剛剛建立，就在建康之戰中殺敵三千，俘虜敵人軍官二十多人，成功收復了建康（今南京）；

一一三四年，岳飛率軍討伐偽齊政權，收復了重鎮襄陽；

一一三六年，岳飛母親去世，岳飛痛不欲生，請求辭官守孝，被朝廷拒絕。岳飛強忍喪母之痛參加了第二次北伐，取得輝煌戰果；

一一四〇年，岳飛在郾城大敗金軍枴子馬、鐵浮屠，取得郾城大捷；緊接著又在潁昌城大敗金軍，斬金軍五千餘人，俘虜兩千餘人，將官七十八人，戰馬三千餘匹……

金將無奈哀號：「撼山易，撼岳家軍難！」

可是，隨著岳飛在南宋朝廷歷練日久，他越來越明白，朝廷大臣甚至宋高宗趙構本人並不是那麼熱衷於恢復故土，迎回二聖。南宋軍旗上繪有雙環，取名為「二勝環」，寓「二聖還」之意。大臣楊存中用美玉雕成二勝環掛在帽子後面獻給高宗。高宗非常高興，對身旁的伶人說：「這個叫二勝環。」伶人諷刺說：「二聖還掛在腦後了。」高宗臉色大變。

高宗之所以臉色大變，是因為伶人的確說中了他的心事。恢復故土只能是口頭上說說，如果兩個皇帝真的回來，自己的位置應該在哪裡？而且北宋滅亡之後，南宋財力、民力、軍力都已凋殘，朝廷實在沒有勇氣真的出師北伐，恢復故國。

一天深夜，屋外秋蟲不住地鳴叫，岳飛無法入睡。他起來，繞著台階漫步。這些年，他已經看清朝廷的本心，開始覺得北伐中原、恢復故土是一個遙不可及的夢。可是，他該怎樣對手下那些一腔熱血、矢志報國的將士們說，又怎麼能置北方那些日夜盼望王師北定中原的遺民於不顧？有時候岳飛也想，乾脆辭官，離開朝廷，離開這深不可測的政壇，但是母親刺在背上的字又在提醒自己：不能退隱，即便沒有任何人理解自己，也要在這條路上堅定地走下去。

〈小重山〉

昨夜寒蛩不住鳴。驚回千里夢，已三更。起來獨自繞階行。人悄悄，簾外月朧明。

白首為功名。舊山松竹老，阻歸程。欲將心事付瑤琴。知音少，弦斷有誰聽。

岳家軍在朱仙鎮取得大捷之後，進兵包圍汴梁。汴梁是北宋都城，岳飛距離收復故都只有一步之遙。岳家軍官兵都已經看到了勝利的曙光，戒酒已久的岳飛也不禁高興地說：「直抵黃龍府，與諸君痛飲爾！」

可是，宋高宗聽信秦檜的讒言，一天之內，下達十二道金牌命令岳飛撤軍，當撤軍的消息傳出時，老百姓痛哭流涕，紛紛說：「將軍軍隊來時，我們戴香盆、運糧草等待將軍，現在您走了，金兵回來，我們怎麼還能活命！」岳飛也泣不成聲，只好取出詔書給百姓們看：「我不能擅自留下啊！」

聖命難違，岳飛只好望著近在咫尺的汴京，長嘆：「十年之功，毀於一旦！」

〈滿江紅 寫懷〉

怒髮衝冠，憑欄處、瀟瀟雨歇。抬望眼，仰天長嘯，壯懷激烈。三十功名塵與土，八千里路雲和月。莫等閒、白了少年頭，空悲切。

靖康恥，猶未雪。臣子恨，何時滅！駕長車，踏破賀蘭山缺。壯志饑餐胡虜肉，笑談渴飲匈奴血。待從頭收拾舊山河，朝天闕。

岳飛撤軍後，秦檜向金人請和，金人的條件是只有殺了岳飛才能達成和議。在宋高宗的默許下，紹興十一年（公元一一四二年），岳飛父子及部將張憲被捕下獄。韓世忠痛恨秦檜專權，詰問他岳飛何罪之有，秦檜竟說「莫須有」（也許有）。

當年十一月，宋金簽訂和議，南宋在戰爭大勝之後，正式向金朝稱臣，每年納貢銀二十五萬兩，絹二十五萬匹，並以淮水為界，將淮水以北的土地都劃歸金朝。這就是臭名昭著的「紹興和議」。

和議簽訂後，紹興十一年十二月二十九日岳飛父子和張憲被害。臨死前，岳飛在供狀上留下八個字：「天日昭昭，天日昭昭！」岳飛被害時，年僅三十九歲。

岳飛的死，對南宋朝廷來說，是巨大的恥辱，對中華民族來說，卻又是極大的幸運。南宋小朝廷不配擁有北方失去的大片國土，但是中華民族卻不能沒有精忠報國、矢志不渝的精神。岳飛以自己的生命為獻祭，讓無數的百姓從那個黑暗的年代，開始瞭解這種精神，而岳飛這個名字從此也成了一個象徵，一個矢志報國、殞身不恤的象徵。從那時開始至今的數百年裡，每當外敵入侵、國難當頭的時候，很多人都會不由自主地想起這個名字，想起這位文武全才的元帥寫下的那首激勵過無數愛國志士的〈滿江紅〉，而很多人，就是高歌著這首〈滿江紅〉，踏上了保家衛國、為國捐軀的征程。

宋詞小帖

「還我河山」是岳飛寫的嗎？

今天河南湯陰（岳飛故鄉）和杭州岳王廟的正殿都懸掛著一個大匾：還我河山。有人說這是岳飛手書的。這話說對也不對，為什麼呢？

岳飛生前並沒有說過這句話，也沒有寫過這句話。這句話的來歷是這樣的：一九二一年，學者童世亨先生編輯《中國形勢一覽圖》，請書法家周承忠寫這四個字，周承忠寫了之後童世亨不滿意。於是周承忠就從岳飛留下的墨跡中挑選這四個字集鉤而成，並將「岳飛」二字照鉤為款提交給童世亨。這本書出版後大受歡迎，很多人都以為這句話是岳飛手書。

一九三一年，日軍侵占東北，九一八事變爆發。「還我河山」引起當時愛國民眾的強大共鳴，傳遍了中華大地，成為愛國精神的象徵。所以，岳飛並沒有專門書寫這四個字，但是這四個字所包含的愛國精神確實是與岳飛精忠報國的精神一脈相承，因此說是岳飛寫的，也不算全錯。

宋朝最驚人的一次特種部隊突襲竟是由詞人所主導？

——把吳鈎看了，欄杆拍遍，無人會，登臨意

特種部隊是現代軍隊中的精英，隊員往往是百裡挑一的絕頂高手，經過異常嚴格的訓練，裝備最新式的武器，他們深入敵後，以一當十，於百萬軍中取上將首級如探囊取物。不管是美國的海豹突擊隊，還是英國的特種空勤團，抑或是以色列的摩薩德，關於他們都有無數傳奇故事，特種部隊也一直籠罩著一圈神祕的光環。

可是你知道嗎？南宋時期，就曾經有過一次驚人的特種部隊突襲行動，其傳奇色彩不亞於現代的任何一次特種部隊突襲。這次突襲行動的指揮者竟然是一個詞人！

他就是辛棄疾。

辛棄疾是山東歷城（今濟南）人，字幼安，著名女詞人李清照也是歷城人，李清照號易

安居士，所以他們兩人被稱為「濟南二安」。一一二七年，北宋滅亡，包括山東在內的北方大片領土被金兵占領，十多年後的一一四〇年，辛棄疾出生，但是他從不認為自己生來就是金朝的子民，一心想反抗金人的奴役，回歸大宋朝廷。因此他組織了一支兩千多人的隊伍參加抗金鬥爭。

當時山東有很多抗擊金兵的義軍，其中規模最大的一支兵力有兩萬餘人，由耿京領導，辛棄疾便帶著自己的部隊前去投奔耿京。耿京對之十分看重，任命他為天平軍掌書記。當時一個叫義端的和尚也起兵反金，有千餘人馬。辛棄疾前往義端軍中，勸說他也歸附耿京。可是不久，義端竟然竊取了耿京的大印逃跑了。耿京大怒，要殺辛棄疾，辛棄疾說：「給我三天時間，抓不住義端，我再死不晚。」耿京答應了。辛棄疾估計義端帶著大印逃往金營邀功，於是快馬攔截，果然捉住了義端。義端求饒說：「我知道你的身世，你是天上的青牛下凡，力能殺人，希望你別殺我。」這些話當然不能打動辛棄疾。辛棄疾斬下義端的頭，奪回大印歸報耿京，耿京十分佩服其豪壯。

這次行動算是辛棄疾第一次嶄露頭角。他不僅是個武力高強的將軍，更是一個有戰略眼光的統帥。他認為，雖然當時義軍已經逐漸壯大，但是在敵後孤軍作戰始終不是長久之計，因此他多次勸說耿京帶兵回到南宋。耿京同意了辛棄疾的意見。於是辛棄疾南渡長江，奉表歸宋。宋高宗在建康接見辛棄疾，對他們歸附南宋的行動十分讚賞，並授辛棄疾為承務郎、天平軍掌書記，授耿京為天平軍節度使，並讓辛棄疾把節度使印帶回召耿京歸宋。可是，當辛棄疾北渡長江，回到義軍營地的時候，卻發生一件始料未及的事情。

原來，趁辛棄疾不在，義軍的叛徒張安國趁機殺害耿京，投降了金兵。耿京慘死，辛棄疾又不在，一時間義軍群龍無首，眼看就要土崩瓦解。

是遣散軍隊各自回家，還是拿起武器奮力一搏？辛棄疾短暫思考後做出決定。他召集眾人說：「我們是因為主帥耿京才決定回到大宋的，現在主帥被殺，我們回去也不好覆命，我們該怎麼辦？」大家議論紛紛，莫衷一是。而辛棄疾早已有了主意。他從剩下的人當中，精心挑選出五十個人，他們個個士氣高昂，武藝高強，而且急切想為耿京復仇。辛棄疾把這五十個人組織成一支特種部隊，他們的任務，就是抓住叛徒，為主帥報仇。

可是叛徒在哪裡呢？

此時，叛徒張安國正在金兵的大營裡與金兵將領飲酒作樂。誰也想不到，辛棄疾竟然帶著五十個人衝進金兵五萬人的大營。金兵毫無防備，被辛棄疾的隊伍一路衝殺，竟然殺到了金兵主帥帳前，此時叛徒正喝得飄飄欲仙，辛棄疾縱馬踏上宴席，一把抓起叛徒扔在馬背上，隨即與五十個手下像風一般疾馳而去，直到他們衝出大營，金兵都還沒明白發生了什麼事情。

抓住了叛徒，辛棄疾又召集舊部，隊伍有了一萬多人，他們把叛徒張安國斬首，以告慰耿京的在天之靈，隨即辛棄疾就帶著這一萬多人的部隊南渡長江，回到大宋王朝。

辛棄疾的事蹟震驚了朝野，連宋高宗趙構都為之多次感嘆，更在當時對激發南宋軍民的鬥志起到了很大作用。從現在的觀點看，辛棄疾帶領一支五十人的小隊伍居然衝進金兵五萬人的大營，人擋殺人，佛擋殺佛，竟然能在敵人主帥的宴席上生俘叛徒然後全身而退，這比起現代任何一支特種部隊的經典戰例都毫不遜色，所以，這次行動完全可以稱為古代最驚人的一次特種部隊突襲。

宋詞小帖

辛棄疾不僅是個詞人，還是個軍事家，除了前面說的事蹟之外，他訓練飛虎軍的事也頗有傳奇色彩。

辛棄疾到南宋後，發現當時宋軍訓練荒廢，戰鬥力低下，於是上表朝廷想訓練一支精銳部隊：飛虎軍。

不久朝廷回覆，委任辛棄疾親辦此事。得到准許之後，辛棄疾馬上命令修建營房，購買馬匹，招納士兵。

南宋官僚機構的低效率在辛棄疾雷厲風行的作風面前被擊得粉碎，一些官員找藉口拖延怠工，但是辛棄疾「疾行逾力」。官僚們見怠工的方法不能奏效，於是轉而祭起誣陷的法寶，很快就有人向皇帝打小報告，說辛棄疾藉口建飛虎軍，聚斂無度。

皇帝降下金牌，命令辛棄疾馬上停止行動。辛棄疾接到之後，將金牌藏起來，命令部下一個月之內必須把營房建成，違者軍法處置。誰知部下說，因為造瓦不易，無法按期完成，寧願接受懲處。

辛棄疾問：「需要多少瓦？」

部下回答：「二十萬片。」

辛棄疾說：「不用擔心。」然後命令手下在官舍、神祠以及民房上，每戶取瓦二十片，兩天之內，需要的瓦就全部備足，僚屬歎服。

在辛棄疾的努力下，飛虎軍終於建立，成軍之後，「雄鎮一方，為江上之冠」。

南渡後的辛棄疾爲什麼長期被排擠？

——欲說還休。卻道天涼好個秋

回到南宋朝廷的辛棄疾，沒有一天不想北伐中原，恢復故國，但是當時的南宋朝廷滿足於偏安江南，根本無意收復故土，而且南宋朝廷對北方投奔過來的抗金隊伍一直心懷戒備，不願予以他們重任，所以辛棄疾到南宋之後，處處受到排擠和壓制，甚至多次受到誣告和陷害。他訓練軍隊需要經費，有人說他貪汙公款，他嚴明軍紀，有人告發他殺人如草芥，於是在十多年的時間裡，他因為被彈劾而閒居鄉里，壯志難酬。

面對朝廷的懦弱無能，辛棄疾只能獨自登上高樓，撫摸自己的寶劍，長嘆無人理解自己的忠心：「把吳鈎看了，欄杆拍遍，無人會，登臨意。」

辛棄疾經常做夢，夢裡，他回到殺聲震天的戰場，回到了抗金的前線，回到他殺義端、

生俘張安國的那段時光，可是，醒來的時候，回到現實，還是要面對死一般的沉寂和孤獨。

這天晚上，他喝醉了。醉眼矇矓中，他抽出寒光閃閃的寶劍，恍惚間，好像又回到號角四起的沙場，他穿著鎧甲，作為主帥鼓勵將士們英勇奮戰，他椎牛饗士，激勵士氣，軍營裡樂聲震天，將士們邁著整齊的步伐從自己前面經過，很快，他們就要踏上殺敵報國的前線。

辛棄疾彷彿看見自己騎著的盧一樣的名馬，戰場上弓弦發出的聲音像霹靂一樣，他率軍打敗侵略者，收復了故土，大宋終於恢復以前的和平與安寧，皇帝龍顏大悅，人民紛紛稱頌自己的功績，自己的大名將永垂青史，為千秋萬代頌揚……。

樂聲、馬嘶聲、喊殺聲、弓弦聲戛然而止，雄壯的軍隊、慘烈的戰場、皇帝的大笑突然消失，辛棄疾突然發現，這一切不過是自己醉後的想像，他仍然獨自坐在几案前，杯裡是沒有喝完的殘酒，手裡還拿著自己的寶劍。寶劍閃著寒光，映照出他的臉，辛棄疾發現，自己的鬢角已經斑白，曾經那個叱吒風雲的少年，現在已經衰老了。

〈**破陣子** 為陳同甫賦壯語以寄〉

醉裡挑燈看劍，夢回吹角連營。八百里分麾下炙，五十弦翻塞外聲，沙場秋點兵。

馬作的盧飛快，弓如霹靂弦驚。了卻君王天下事，贏得生前身後名。可憐白髮生。

年紀漸老的辛棄疾開始領悟到很多事情。他漸漸開始明白，年少的時候經常寫詩寫詞，動輒春愁滿紙，其實那不過是青春期的通病，說得直白一點，不過是無病呻吟罷了。現在年紀漸老，飽經滄桑，照理說會有更多更深的愁，可是這時候卻說不出愁字了。官場險惡，人世艱難，即便是辛棄疾這樣膽略過人、豪壯英武的人，也被這世道弄得謹小慎微，不敢多說一句，不敢多走一步。這不僅是他個人的悲哀，更是整個時代的悲哀。而辛棄疾把這種悲哀，寫進了這首很短卻很沉痛的〈醜奴兒．書博山道中壁〉：

〈醜奴兒　書博山道中壁〉

少年不識愁滋味，愛上層樓。愛上層樓。為賦新詞強說愁。
而今識盡愁滋味，欲說還休。欲說還休。卻道天涼好個秋。

宋詞小帖

辛棄疾寫詞有一個讓人詬病的毛病，來看看是什麼。

辛棄疾寫詞最喜歡引用典故，有時候一首詞會接連引用好幾個典故。詩詞適當用典可以加強作品的文學性，也能達到用很少的字數傳達很多訊息的效果，但是如果典故過多，就必然引起閱讀困難，而且會讓人覺得作者是在炫耀才學。因此過度引經據典被人譏諷為「掉書袋」，而辛棄疾則是愛掉書袋的人中最有名的一個。不過由於他的名氣很大，官位又比較高，所以當時的人們對他還是比較客氣的。辛棄疾的朋友劉過師法辛棄疾，在一首詞裡使用了很多典故，讓已經去世的白居易、林逋、蘇東坡等在一起飲酒，結果被岳飛的孫子岳珂諷刺為「白日見鬼」，讓劉過當下很下不了台。

主戰派的將軍詞人為何對北伐憂心不已？

——想當年，金戈鐵馬，氣吞萬里如虎

辛棄疾出生的時候，他的家鄉歷城就已經被金兵占領十多年了。他曾經在首領耿京的率領下進行抗金鬥爭，耿京被殺害之後，他更是率領敢死隊衝進金軍大營，活捉了叛徒。後來他帶領一萬多人回到南宋，希望能夠在朝廷的支持下繼續進行抗金鬥爭。可是當時的南宋朝廷滿足於偏安江南，根本不思進取。辛棄疾向朝廷多次上了〈九議〉、〈應問〉等奏章，還寫了〈美芹十論〉，分析南北形勢、軍事對比、人才情況，堅信金國必亡，但是，他的主張不但沒有得到支持，反而使他受到長期的打壓和排擠，辛棄疾被迫閒居鄉里，空度歲月。

宋寧宗嘉泰三年（公元一二〇三年），已經六十三歲的辛棄疾的命運似乎有了轉機。此時，宋寧宗不滿金國的驕橫跋扈，決定北伐。他重用主戰派韓侂胄為宰相，韓侂胄則提拔因

為主戰而被排擠的辛棄疾、陸游等人。辛棄疾被任命為鎮江知府。

辛棄疾等待一輩子，終於等到了朝廷決定北伐的機會。這個機會對他來說，實在太重要了。可是，他似乎沒有像想像中那樣欣喜萬分甚至歡呼雀躍，而是對這次北伐懷有深深的憂慮，這是為什麼呢？

被任命為鎮江知府後，辛棄疾登上了當地的名勝北固亭。這個地方，原來是三國時孫權大帝的軍事重鎮，遙想當年，雄才大略的孫權據守江東，讓曹操都畏懼三分，發出「生子當如孫仲謀」的感嘆。而現在，已經找不到孫權那樣的英雄了。京口這個地方，還是南朝宋武帝劉裕的家鄉，劉裕小名叫寄奴，辛棄疾想，現在京口的某條不起眼的小巷子，也許就是劉裕當時住過的地方。想當年，劉裕滅東晉，建立劉宋，與北方政權爭鋒，金戈鐵馬，馳騁疆場，是何等的英武，何等的豪壯！

但是辛棄疾並不只是個頭腦簡單四肢發達的武夫，他不僅文能寫事作文，武能上陣殺敵，更是一個深謀遠慮的軍事家，他清楚地知道，打仗是不能只靠一腔熱血打打殺殺就能成功的，必須要經過長時間的認真準備，一切條件成熟之後，才能夠胸有成竹。劉裕是一代英雄，而他的兒子宋文帝劉義隆就是個笑話了。劉義隆羨慕父親的豐功偉績，想要趕上甚至超越父親，建立像西漢的霍去病那樣大敗匈奴，在狼居胥山封山而還的偉績，因此倉促北伐，結果好大喜功的他被北魏太武帝拓跋燾打得大敗，一直追到瓜步山下，落得倉皇北顧的結局。辛棄疾想到，自己從南渡到現在，已經四十三年了，這四十三年中，揚州一帶的戰火根本就沒有停息過。這說明在與金國的戰爭中，南宋是長期處於守勢，而現在沒有充分準備就貿然進兵，很可能要落得跟劉義隆一樣的下場。而且，打仗依靠的是民心所向。當時北方已經被金國占領八十多年，很多地方的百姓已經不再對回歸南宋抱有希望。

拓跋燾在追擊劉義隆的時候，在現在的對岸建立了一座行宮，拓跋燾小名佛狸，因此這個地方被人們叫作佛狸祠。這個由外族侵略者建立的行宮本來是民族屈辱的象徵，而當時對岸的人民不但不覺得奇怪，反而在那裡舉辦廟會，擂鼓祭神，引得無數烏鴉飛來吃祭品。原來是百姓已經習慣和平，不想陷入戰爭，這讓辛棄疾對這次北伐的結果更加憂心忡忡。

可是，自己已經六十多歲了！辛棄疾很清楚，上天留給自己的時間已經不多。他等待了一輩子，終於等到朝廷這次北伐，辛棄疾多麼希望能夠在生命最後的這些日子裡建功立業，但是他以一個軍事家的眼光又清楚地看到這次北伐必敗無疑。而這次北伐之後，難道自己還能等到下一次嗎？恐怕即便能等到，自己也已經老朽不堪，那時候，根本不會有人像問廉頗還能否吃飯一樣來問自己是否能再重回戰場了。

〈永遇樂 京口北固亭懷古〉

千古江山，英雄無覓，孫仲謀處。舞榭歌台，風流總被，雨打風吹去。斜陽草樹，尋常巷陌，人道寄奴曾住。想當年，金戈鐵馬，氣吞萬里如虎。

元嘉草草，封狼居胥，贏得倉皇北顧。四十三年，望中猶記，烽火揚州路。可堪回首，佛狸祠下，一片神鴉社鼓。憑誰問，廉頗老矣，尚能飯否。

這首詞完成兩年後，一二〇七年，辛棄疾在憂憤中去世，臨終的時候，他還大呼「殺賊」。第二年，開禧北伐慘敗。七十年後，南宋滅亡。

宋詞小帖

南宋的北伐結局如何？

開禧北伐是宋寧宗時期權臣韓侂胄所主持的北伐金國的戰爭。這次北伐由於韓侂胄好大喜功，缺乏充分準備而落得慘敗的結局。宋朝向金國求和，金國除了要求割地、賠款之外，還要求殺掉北伐的主持者韓侂胄，把他的人頭送給金國。這個要求被宋朝拒絕，但是大臣史彌遠等人後來暗殺了韓侂胄，並把他的首級送給金國。一二〇八年，雙方簽訂「嘉定和議」，這是南宋歷史上又一個喪權辱國的和議。

臘八節

——今朝佛粥交相饋，更覺江村節物新。

農曆的最後一個月是十二月，這個月也叫臘月，為什麼會有這個名字呢？這跟古代年底祭祀祖先神靈的習俗有關。「臘」字的意思就是用肉來祭祀，而古代年底的祭祀是最盛大隆重的，所以這個月也就叫臘月。而這個月的初八也是十分重要的一個節日——臘八節。

從上古起，臘八節的主要習俗就是祭祀祖先和神靈，祈求豐收和吉祥。舊時大戶人家往往在這天舉行盛大的祭祀活動，而貧苦人家即使生活再拮据，也要買點麻糖祭灶神，因為據說灶神這一天要返回上天向玉帝報告家裡這一年的表現情形，人們怕灶神說自己壞話，於是

先用麻糖黏住他的嘴，也算是一個小小的賄賂，希望他「上天言好事，回宮降吉祥」。

西漢末年，佛教傳入中原之後，為了擴大在中原的影響力，佛教徒就把這一天定為釋迦牟尼的成道日。關於這個，還有一個傳說：

據說兩千五百多年前，釋迦族的王子喬達摩．悉達多看到眾生苦難，於是拋棄皇位出家，苦修六年，收穫甚少。長期的苦修使他身體極度衰弱，頭昏眼花，這時候連河邊兩個牧牛女也被感動，送來牛乳供養，喬達摩．悉達多接受供養後，恢復了體力，又在菩提樹下趺坐四十九天，到最後一天的時候豁然大悟，證得大道，成為佛陀，他被人們稱為釋迦牟尼，意思是「釋迦族的覺者」。從此，臘月初八也成為佛教的一個重要節日。

宋朝的時候，很多寺院會在臘月初八煮五味粥布施給百姓，當時就稱為「臘八粥」，皇家也會煮粥賞賜百官，這種習俗一直延續到現在。陸游就在詩裡以「今朝佛粥交相饋」描寫了煮臘八粥的習俗：

〈十二月八日步至西村〉

臘月風和意已春，時因散策過吾鄰。
草煙漠漠柴門裡，牛跡重重野水濱。

多病所須唯藥物，差科未動是閒人。
今朝佛粥交相饋，更覺江村節物新。

到了清代，朝廷也用鍋煮臘八粥並請來喇嘛誦經，然後將粥分給各王公大臣，品嚐食用以度節日。清代詩人趙仁虎就在詩中描寫臘八節煮粥分賜臣下的盛況：

〈臘八〉

臘八家家煮粥多，
大臣特派到雍和。
聖慈亦是當今佛，
進奉熬成第二鍋。

不過對於老百姓來說，臘八節更重要的意義是它是除夕前的最後一個節日，所以民間諺語說：「過了臘八就是年。」臘八節到來，意味著辛苦了一年的人們終於可以鬆口氣，熱熱鬧鬧地準備年夜飯，迎接新年的到來。

附錄

一、蘇軾的足跡與他的詞

一〇三七年　蘇軾出生於四川眉山

一〇四三年　蘇軾七歲，進入鄉校學習

一〇五四年　蘇軾娶王弗為妻

一〇五七年　蘇軾參加科舉考試，受歐陽修賞識，和弟弟蘇轍一起中進士，這年六月因為母親去世而回鄉奔喪

一〇六一年　參加制科考試，定為三等，宋朝以來高中三等者僅有兩人，擔任大理評事、簽書鳳翔府節度判官

一〇六五年　任判登聞鼓院

一〇六六年　蘇洵去世

一〇六九年　蘇軾服喪期滿，擔任判官告院兼判尚書祠部

一〇七一年　蘇軾請求補外，任杭州通判

一〇七四年　蘇軾任密州知州，作〈江城子・密州出獵〉、〈江城子・乙卯正月二十日夜憶夢〉、〈水調歌頭・明月幾時有〉

一〇七七年　擔任徐州知州，率領軍民抗洪

一〇七九年　任湖州知州，八月因烏台詩案下獄，十一月出獄，被貶為黃州團練副使。在黃州期間，作〈西江月・世事一場大夢〉、〈卜算子・缺月掛疏桐〉、〈念奴嬌・赤壁懷古〉、〈定風波・莫聽穿林打葉聲〉等詞

一〇八一年　寓居臨皋亭，開始在東坡耕種，自號東坡居士

一〇八四年　轉為汝州團練副使

一〇八五年　先後被授予登州知府、尚書禮部郎中、起居舍人、右司諫等職

一〇八六年　任中書舍人，九月擔任翰林學士

一〇八九年　任龍圖閣學士杭州知府

一〇九一年　任吏部尚書，後改翰林學士承旨

一〇九二年　任鄆州知州，又改為揚州知州

一〇九三年　任定州知州

一〇九四年　被貶惠州

一〇九七年　被貶儋州（今海南）

一一〇〇年　因徽宗即位被赦，離開海南

一一〇一年　蘇軾於常州去世

二、李清照的足跡與她的詞

一〇八四年　李清照出生於山東歷城

一〇八九年　隨父親在汴梁生活，開始學習文化

一〇九五年　隨父母生活，詩文漸成氣候

一〇九九年　作〈如夢令·常記溪亭日暮〉、〈雙雕憶王孫〉等詞

一一〇〇年　作〈如夢令·詠海棠〉、〈點絳唇〉、〈浣溪沙〉等詞

一一〇一年　與趙明誠結婚，作〈漁家傲·雪裡已知〉、〈減字木蘭花·賣花擔上〉、〈慶清朝慢〉等詞

一一〇三至一一〇四年　作〈一剪梅〉、〈小重山〉、〈玉樓春〉、〈行香子〉等詞作

一一〇五至一一〇七年　作〈多麗〉、〈滿庭芳〉等詞作

一一〇八至一一一四年　著《詞論》，整理《金石錄》

一一二一年　作〈鳳凰台上憶吹簫〉送別丈夫

一一二七至一一二八年　靖康之變爆發，返回青州，計劃將金石文物南運。到金陵，作〈夏日絕句〉

一一二九年　趙明誠暴病身亡，李清照埋葬丈夫後也大病，病癒後有〈蝶戀花〉、〈聲聲慢〉、〈鷓鴣天〉、〈南歌子〉等詞作

一一三〇年　流落越州、台州、溫州、福州、泉州等地，作〈訴衷情〉、〈好事近〉等詞

一一三二年　作〈攤破浣溪沙〉等詞

一一三四年　作〈金石錄後序〉

一一三五年　居住金華，作〈武陵春・風住塵香〉

一一三六年後　居住臨安，有〈永遇樂・元宵〉、〈添字醜奴兒〉等詞作

約於一一五五年　李清照去世於臨安

三、辛棄疾的足跡與他的詞

一一四〇年　辛棄疾出生

一一四七年前後　辛棄疾開始學習

一一六一年　金主完顏亮侵略南宋，辛棄疾開始抗金，不久投耿京義軍

一一六二年　辛棄疾受耿京命歸宋，返回後耿京被叛徒殺害，辛棄疾率五十人闖入金軍大營活捉叛徒，後帶領一萬餘人歸宋，作〈漢宮春〉

一一六三年　任江陰簽判

一一六四年　作〈滿江紅〉，改廣德軍通判

一一六五年　奏進〈美芹十論〉

一一六七年　改建康府通判

一一七〇年　上〈九議〉

一一七二年　任滁州知州，招納流散，訓練民兵，其間作〈水龍吟·登建康賞心亭〉

一一七六年　提點江西刑獄

一一八〇年　創建「飛虎軍」，〈摸魚兒・更能消幾番風雨〉作於此時

一一八二至一一九一年　因小人讒言被撤職，在上饒家居，〈破陣子〉、〈醜奴兒〉、〈西江月・夜行黃沙道中〉、〈清平樂・村居〉應作於此時

一一九二年　提點福建刑獄

一一九三年　任福建安撫使

一一九六至至一二〇二年　於上饒、鉛山家居

一二〇三年　任浙東安撫使。此間作〈永遇樂・京口北固亭懷古〉

一二〇七年　辛棄疾去世

後記

那個聽故事的小孩長大了

十多年前，那時候天天才四五歲，一天晚上我的「失誤」，卻造就了我們生命中一段最美好的陪伴。

天天有很多名字，比如夏天、夏子儀、臭小子、小調皮、小討厭、小麻煩等等，不過用得最多的名字還是天天。

天天是我的兒子。

那時候，和其他父母一樣，每天晚上睡覺前我都會給天天講睡前故事。記得那時候講過安徒生童話、格林童話，也講過科學怪人的繪本，也讀過金子美鈴。可是有一天晚上，我忘記了準備當晚的內容，直到天天躺在床上叫我時，我才想起來今天「沒米下鍋」。

那時候正好在寫我的第一本書《在唐詩中孤獨漫步》，腦子裡裝了不少唐詩和詩人的故事，於是我靈機一動，對天天說，要不今天爸爸給你講一種新的故事——詩詞故事好不好？

孩子總是很容易忽悠，天天毫不猶豫答應了，於是我把白居易的〈問劉十九〉稍加想像，編成了一個短小的故事，講給天天聽。

本來那晚是情急之下的敷衍應付，誰知道後來天天居然對這種詩詞故事非常感興趣，每天晚上都要求我講，從此一發不可收拾，連續著講了兩三年，直到他上小學。

那時候我們的詩詞故事都是在黑暗中講的，最多第二天孩子在電腦上再看一遍，我從來沒有要求他背誦任何詩，可是不久以後我驚訝地發覺，我和他講過的詩詞他基本上都會背誦！我問他怎麼背熟的，他奇怪地看我一眼：

「你講了故事，我當然就會背誦了啊！」

天天在小學的時候，古典詩詞的積累量已經相當於高中的學生，而更重要的是，小小的睡前故事培養了孩子對詩詞的濃厚興趣，在這方面的領悟也明顯強於別的孩子。

時間總是在不經意間溜得飛快。十年前吵著要爸爸講詩詞故事的小男孩現在已經上高中了，身高一百八十幾，都超過我了。但是現在我們偶爾還是會提起小時候講詩詞故事的事情，每當想起，心裡滿滿的都是溫馨。

中國鷺江出版社的董曦陽編輯知道了我和天天的故事，建議我寫一本專門給小朋友講唐詩的書。我想也好，我自己的兒子長大了，但是如果能把我教孩子的經驗與其他的父母共用，給他們啟發和幫助，也是一件好事。

所以我以我出版的《在唐詩中孤獨漫步》、《溫和地走進宋詞的涼夜》為藍本，以小學和初中的孩子為對象，修改了文字風格，並針對孩子認知特點加入了一些新的內容，寫出了這本書。這本書適合小學到初中的孩子閱讀，更適合父母給孩子做親子共讀的資料。我希望所有的父母與自己的孩子都能擁有那樣美好的時光：在靜靜的夜裡，孩子聽著爸爸或者媽媽給自己講那些美麗的詩詞，講那些有趣的詩人，有趣的故事。這樣的童年，是美好的，這樣的陪伴，更是美好的。

我一直很喜歡蔣勳先生的一句話：「有時候美盲比文盲還可怕。」在今天，純粹意義上的文盲已經不多見了，但是美盲卻比比皆是。尤其在經濟飛速發展，人們的欲望被物質引誘不斷擴張的這個時代，我總覺得除了ABC之外，孩子還需要一些東西，這些東西可能考試不會考到，也無助於他們升入名校，掙大錢居高位，但是對他們生命的滋潤與豐滿卻是必不可少的。

轉眼間十多年過去了，當年聽故事的小孩已經長大，身高一百八十幾，已經超過我了。這個月底，他將遠渡重洋，到加拿大念書。但是我相信十多年前那些聽故事的夜晚，將永遠留在他的心底，成為他童年最美好的回憶。

感謝鷺江出版社，成都天鳶文化傳播有限公司和臺灣日出出版・大雁文化事業股份有限公司的努力，讓這本書能在臺灣與讀者見面，我相信，雖然有一條淺淺的海峽阻隔，但是我們文化的根是相同的，更重要的是，我們對美的熱愛與追求也是相通的。

夏昆

二〇一九年一月四日星期五

有故事的宋詞（二版）：經典名句是這樣來的

作　　者　夏昆
責任編輯　夏于翔
協力編輯　甯歆
內頁排版　陳玟憶
內頁構成　江孟達工作室
封面美術　江孟達工作室

發 行 人　蘇拾平
總 編 輯　蘇拾平
副總編輯　王辰元
資深主編　夏于翔
主　　編　李明瑾
業　　務　王綬晨、邱紹溢、劉文雅
行　　銷　廖倚萱
出　　版　日出出版
　　　　　地址：231030新北市新店區北新路三段207-3號5樓
　　　　　電話：(02)8913-1005　傳真：(02)8913-1056
　　　　　網址：www.sunrisepress.com.tw
　　　　　E-mail信箱：sunrisepress@andbooks.com.tw
發　　行　大雁出版基地
　　　　　地址：231030新北市新店區北新路三段207-3號5樓
　　　　　電話：(02)8913-1005　傳真：(02)8913-1056
　　　　　讀者服務信箱：andbooks@andbooks.com.tw
　　　　　劃撥帳號：19983379　戶名：大雁文化事業股份有限公司

印　　刷　中原造像股份有限公司
二版一刷　2023年1月
二版二刷　2024年5月
定　　價　430元
I S B N　978-626-7261-04-0

國家圖書館出版品預行編目（CIP）資料

有故事的宋詞：經典名句是這樣來的／夏昆著. -- 二版. -- 臺北市：日出出版：大雁文化事業股份有限公司發行, 2023.01
288面；15×21公分
ISBN 978-626-7261-04-0（平裝）
833.5　　111020959

圖書許可發行核准字號：文化部部版臺陸字第108003號
出版說明：本書由簡體版圖書《給孩子讀宋詞》以正體字在臺灣重製發行，推廣經典詩詞。